STEFANIE ZWEIG

Eltern sind auch Menschen

STEFANIE ZWEIG

Eltern sind auch Menschen

LENTZ

Bearbeitete Neuauflage

Umschlaggestaltung: Atelier Höpfner-Thoma, München
Umschlagillustration: Alexandra Nowak, Braunschweig
Satz: Schaber Satz- und Datentechnik, Wels
Druck und Bindung: Finidr, Cesky Tesin
Gesetzt aus der 11/13 Punkt Times in PostScript
Printed in the Czech Republic
ISBN 3-88010-419-0

1. Kapitel

Weshalb Frau Rainer sich Maja May nennt und nicht viel Zeit für ihre Tochter hat – Was es bedeutet, wenn Eltern Schauspieler sind – Liza wird elf Jahre alt und äußert einen seltsamen Geburtstagswunsch

Beim Aufwachen denkt Liza an alles mögliche, nur nicht an ihren Geburtstag. Erst als Frau Moping, von allen Möpschen genannt, mit einem Blumenstrauß erscheint, fällt es Liza ein, daß sie elf Jahre alt geworden ist und sich für diesen Tag viel vorgenommen hat.

Möpschen sorgt für Liza und für die Garderobe von Lizas Mutter. Frau Rainer ist Schauspielerin, und Kleider sind für sie sehr wichtig. Sie nennt sich Maja May, weil sie findet, das klinge besser.

Die meisten Menschen und vor allem neue Lehrer denken, Liza hieße eigentlich Elizabeth, aber das stimmt nicht. Sie heißt tatsächlich Liza, und, wie fast alles in ihrem Leben, hat das mit dem Theater zu tun. Ehe sie auf die Welt kam, spielte ihre Mutter die Hauptrolle in dem Musical »My Fair Lady«, nämlich das Blumenmädchen Liza. Also nannte sie ihre Tochter Liza. Gelegentlich, wenn Liza Wut hat, denkt sie, was wohl passiert wäre, wenn ihre Mutter damals, vor ihrer Geburt, das Rumpelstilzchen gespielt hätte. Dann hieße Liza am Ende Rumpelstilzchen. So gesehen, hat sie enormes Glück gehabt.

Manchmal, wenn Liza sich sehr allein fühlt, was oft vorkommt, holt sie alte Fotos aus der Schublade und Zeitungsartikel über ihre Mutter. Einer hat die Überschrift »Klein-Lizas erster Auftritt«. Auf dem Foto sieht man ein strahlendes Baby von fünf Monaten, das auf dem Schoß

der glücklich lächelnden Mutter sitzt. Damals hatte Maja May die erste Rolle nach Lizas Geburt übernommen, und es machte ihr besonderen Spaß, sich mit der kleinen Tochter fotografieren zu lassen.
Inzwischen ist Maja May nicht sehr glücklich, wenn Reporter nach Liza fragen. Einen Säugling von fünf Monaten auf dem Schoß zu halten ist etwas ganz anderes, als sich mit einer elfjährigen Tochter fotografieren zu lassen. Töchter von elf Jahren sind nämlich ein unübersehbarer Beweis dafür, daß die Mütter über 25 Jahre alt sind. Viele Schauspielerinnen schätzen es nicht, wenn ihr Publikum solche Berechnungen anstellt.
Lizas Mutter kauft gern Kleider, in denen Liza wie ein ganz kleines Mädchen aussieht. Sie schwärmt für hellblaue Schleifen im Haar und für weite Röcke, wie sie die Kinder vom Ballett tragen. Dann flüstert sie hingerissen: »Du siehst süß aus, Liza-Kind, wie ein Püppchen!« Nichts haßt Liza mehr als den Vergleich mit dem Püppchen.
Als Liza klein war, fiel ihr nicht auf, daß sie mehr mit Möpschen zusammen war als mit ihrer Mutter. Mutti kam meistens ins Zimmer, ehe sie zur Vorstellung ins Theater mußte, beugte sich über das Kinderbett, roch sehr gut und etwas süß und blies Liza einen Handkuß zu.
Es dauerte lange, ehe Liza dahinterkam, daß andere Kinder nur einen einzigen Vater haben. Zu ihrer Mutter kamen immer viele Männer zu Besuch. Alle waren nett, die meisten mit Schokoriegeln bepackt, und viele nahmen Liza auf den Schoß. Manche versuchen es jetzt noch, aber sie geben ihre Versuche schnell auf, wenn Liza sie wütend anschaut.
Ab und zu erscheint Lizas Vater. Sie hat ihn sehr gern, aber sie spricht nicht darüber. Es hätte auch wenig Zweck. Herr Rainer ist gleichfalls Schauspieler, aber er hat sich

keinen Künstlernamen zugelegt und schaut auch nicht so oft in den Spiegel wie Lizas Mutter. Er kann wunderbar vorlesen und viele spannende Geschichten auswendig. Leider ist er ständig verreist. Mit einer Gruppe von Schauspielern reist er in Länder, deren Bürger gern deutsches Theater sehen. Er ist schon in Brasilien, Kanada und fast am Nordpol gewesen. Und wenn er mal in Hamburg ist, wohnt er auch nicht bei Liza und ihrer Mutter.

Liza hat gerade an ihren Vater gedacht, als Möpschen ins Zimmer kommt. Sie spuckt dreimal über Lizas linke Schulter. Das soll Glück bringen. »Warum sollten wir dir nichts schenken?« fragt sie.

»Weil ich mir was wünschen will«, antwortet Liza ernst. »Wann steht Mutti auf?«

»Sie ist gestern spät gekommen. Die haben erst nachmittags mit den Aufnahmen angefangen. Du weißt doch, wie das ist, wenn der Wanner einen Film dreht und deine Mutter die Hauptrolle spielt. Die beiden kommen eben nicht miteinander klar ...«

»Jaja«, unterbricht Liza und riecht an den Blumen, »ich kann warten.« Ihr ist ein wenig unbehaglich zumute. Mutti weiß, daß sie vorhat, sich etwas zu wünschen, aber sie glaubt, es ginge um eine neue Tapete für das Kinderzimmer oder die Rollerblades, die Liza schon lange haben möchte.

Aber Liza hat sich einen recht seltsamen Geburtstagswunsch in den Kopf gesetzt. Vati würde ihn vielleicht verstehen, aber er hat gerade eine Karte aus Indien geschickt und kommt erst in zwei Monaten zurück. Leider hat er Lizas Geburtstag vollkommen vergessen.

»Na, sag schon, was du dir wünschst«, bettelt Möpschen.

»Nein«, erklärt Liza, »es soll eine Überraschung für Mutti sein.« Sehr sicher klingt ihre Stimme nicht.

Überrascht wird Maja May bestimmt sein, wenn sie erfährt, was sich ihre Tochter ausgedacht hat. Liza will nämlich in ein Internat. Sie will fort von Hamburg, fort von der Schule und auch weg von der Mutter. Sie möchte endlich mit Kindern zusammen sein, die Maja May nicht kennen. Sie hat es satt, immer nur zu Hause herumzusitzen und darauf zu warten, daß Mutti in der Nacht nach Hause kommt. Liza will nicht dauernd vom Theater hören, und reden mag sie schon gar nicht davon.
Sie mag nämlich das Theater nicht. Andere Kinder gehen zur Weihnachtszeit ins Theater und sehen dort »Peterchens Mondfahrt« oder »Hänsel und Gretel« mit Musik. Einige in Lizas Klasse durften auch schon zur »Jungfrau von Orléans« oder zur »Maria Stuart« und waren mächtig stolz. Maja May hatte in beiden Stücken die Hauptrolle gespielt, und die Fragerei der Klassenkameraden hatte kein Ende genommen.
Liza kennt das Theater, seitdem sie denken kann. Oft, wenn Liza ihre Mutter sehen will, muß sie extra dorthin fahren. Entweder sitzt Mutti dann in ihrer Garderobe und probiert neue Frisuren aus und die Kostüme an, oder sie steht auf der Bühne. Liza muß dann das Ende der Proben abwarten. Sie kann die Stunden schon nicht mehr zählen, die sie im leeren Zuschauerraum des Schauspielhauses verbracht und zugehört hat, wie die Schauspieler stets die gleichen Sätze wiederholen. Vorne sitzt der Regisseur und streitet mit den Schauspielern auf der Bühne.
So jedenfalls erscheint es Liza, wenn sie auf die kurzen Pausen bei den Proben wartet, um mit ihrer Mutter sprechen zu können. Ab und zu kommt dann jemand vorbei und streicht Liza über das Haar. Früher fand Liza das aufregend. Damals stand sie bei Premieren auch noch gern hinter den Kulissen und wartete gespannt auf den

Beifall. Heute macht ihr das keinen Spaß mehr. Bei Premieren bleibt sie zu Hause und schaut sich Tierfilme im Fernsehen an.
Liza könnte schon spannende Geschichten vom Theater erzählen, aber ganz andere Dinge, als die Kinder in ihrer Klasse hören wollen. Die interessieren sich immer nur für die Kleider, die Maja May trägt, wieviel Paar Schuhe sie hat, oder ob sie tatsächlich jeden Tag vor dem Frühstück auf dem Kopf steht. Das mit dem täglichen Kopfstand hat Maja May einem Reporter weisgemacht. Mit der Wahrheit nimmt sie es nicht sehr genau, wenn Zeitungsleute in der Nähe sind. »Man muß seinem Affen Zucker geben«, sagt sie dann immer, aber sie kann nicht genau erklären, was sie damit meint.
Es wird zwei Uhr, ehe Liza an ihrem elften Geburtstag die Mutter sieht. Im Eßzimmer sitzen drei Herren und reden mit Mutti. Als Liza hereinkommt, merkt sie, daß Möpschen eilig aufsteht und Maja May etwas zuflüstert. Offenbar erinnert sie sie daran, daß Liza Geburtstag hat.
»Mein Herzchen, wer hätte das gedacht?« ruft Mutti und gibt damit zu erkennen, daß sie den Geburtstag tatsächlich vergessen hat. »Was darf ich dir schenken, Herzchen?« fragt sie und betrachtet Liza, als hätte sie nie zuvor ein elfjähriges Mädchen gesehen.
»Ich möchte …«, beginnt Liza, und auf einmal wird es ihr schwer weiterzusprechen. Sie ist nicht sicher, ob Mutti ihren Wunsch verstehen wird, und sie möchte sie nicht verletzen. Mutti kann so unendlich traurig aussehen.
»Na«, drängt die Mutter, »sag schon, Liza-Liebling. Oder laß mich raten.« Sie legt den Kopf ein wenig schief, als strenge sie das Nachdenken besonders an. »Die Rollerblades«, platzt sie heraus.

»Ich will«, beginnt Liza noch einmal und fängt an zu stottern. »Ich möchte ins Internat«, sagt sie dann. Sie hatte ihren Wunsch langsamer und vorsichtiger äußern wollen, aber der fremde Mann am Tisch, den das Ganze ja nichts angeht, ärgert sie. Da ist der Wunsch einfach herausgerutscht.

»Wohin willst du?« fragt die Mutter. Plötzlich sieht sie gar nicht mehr wie Maja May aus, sondern recht verwirrt.

»Ich möchte gern ins Internat«, wiederholt Liza. Ihre Stimme ist ein wenig fester geworden.

»Das mußt du mir mal genau erklären«, sagt die Mutter. Sie ergreift Lizas Arm, schaut sich überhaupt nicht mehr nach den drei Männern am Tisch um und geht mit Liza ins Nebenzimmer. Möpschen sieht sehr verlegen aus.

»Liza«, sagt die Mutter, »warum? Weshalb willst du fort von hier?«

»Ich will mal ganz normal mit Kindern zusammen sein.«

»Was soll das heißen? Was nennst du normal?«

»Normal ist«, erklärt Liza, »daß mich nicht jeder nach meiner Mutter fragt. Die anderen Kinder sollen denken, daß mein Vater Schuster oder Arzt ist. Sie sollen vor allem glauben, ich hätte Vater und Mutter und vielleicht auch Geschwister. Ich hab es satt, immer nur vom Theater zu reden.«

So sprachlos hat Liza ihre Mutter noch nie erlebt. Endlich, nach einer ganzen Weile, in der das Schweigen wie ein Gespenst im Zimmer herumschleicht, sagt Maja May: »Ich versteh, Liza, du bist unglücklich hier. Ich kann mich nicht genug um dich kümmern. Dir fehlt ein Vater.«

»So ungefähr«, sagt Liza verlegen. »Ich weiß es auch nicht genau. Ich will einfach weg. Vielleicht kannst du mich mal im Internat besuchen. Das wäre schön. Aber dann treffen wir uns irgendwo, damit dich niemand sieht. Schließlich

kennt dich ja jeder vom Fernsehen, und für mich würde dann alles wieder von vorne anfangen.«
»Ja«, sagt Mutti. Sie sieht mit einem Mal traurig aus, aber nicht gespielt traurig, wie auf der Bühne. Dort kann sie so schön weinen, ohne verheult auszusehen. Jetzt weint Maja May überhaupt nicht. Sie wirkt nur sehr ernst und als hätte jemand sie verletzt.
Plötzlich bereut Liza, daß sie überhaupt etwas gesagt und ihren Geburtstagswunsch geäußert hat. Sie ist erleichtert, als sie Mutti fragen hört: »Ich darf's mir doch überlegen, nicht wahr, Liza?«

2. Kapitel

Lizas Lampenfieber und der große Abschied – Die Sache mit den blauen Schürzen – Wer stellt denn das Foto eines Maikäfers auf den Nachttisch, ohne dumme Fragen herauszufordern?

Keine vier Wochen sind seit Lizas Geburtstag vergangen. Anfang Mai steht sie mit Möpschen vor einem hohen Eisentor, hinter dem ein großer Garten liegt. Blühende Apfelbäume und viele rote Blumen sind Lizas erster Eindruck von der Dolomitenschule in Brixen. Die Stadt liegt in jenem Teil Italiens, in dem viele Menschen ebenso gut Deutsch wie Italienisch sprechen.

Mit der Dolomitenschule hat es eine besondere Bewandtnis: Die meisten Schülerinnen und die Lehrer kommen aus Deutschland. Die Direktorin heißt Frau Möwius. Ihr gehört das Haus, und sie hat die Schule nach den Bergen ihrer Heimat genannt, obwohl man in Brixen noch nicht sehr viel von den Dolomiten sieht.

Brixen ist ein geeigneter Ort für ein Internat, das Kinder aus Deutschland aufnimmt und Lehrer mit bestimmten Erziehungsvorstellungen hat. Die Lehrkräfte der Dolomitenschule sehen es nicht gern, wenn die Eltern ihre Kinder zu häufig besuchen. Sie sind gegen Mütter, die schnell mal vorbeikommen, einen Haufen Süßigkeiten im Gepäck haben und nach einigen Stunden heimwehkranke Kinder mit Bauchschmerzen zurücklassen. Von den Eltern der Schülerinnen wohnen keine in der Nähe von Brixen. So hat es auch nicht viel Sinn, von Heimweh zu reden. Man weiß schließlich, daß man nur in den Ferien nach Hause kann. Neuankömmlingen erscheint das oft hart; die anderen sind daran gewöhnt und finden die Regelung vernünftig.

Wie ist Lizas Mutter ausgerechnet auf die Dolomitenschule gekommen? Sie überhaupt nicht. Zufällig ist Lizas Tante zu Besuch nach Hamburg gekommen. Sie ist Vatis Schwester, selbst Lehrerin, und sie hat sich lange mit Liza unterhalten. Tante Dorle hat sich genau erklären lassen, weshalb Liza von zu Hause fort wollte, und dann hat sie die Sache mit Brixen vorgeschlagen.
Mutti hat abwechselnd gejammert und Liza ausgelacht, bis Liza zu weinen anfing, was absolut nicht ihre Art ist, aber mit elf Jahren ist man noch nicht alt genug, Tränen und Spott zu gleicher Zeit zu ertragen. Damals hat Liza zum Schluß überhaupt nichts mehr kapiert, auch nicht, weshalb ihre Mutter dann doch mit Brixen einverstanden war.
Jetzt steht sie mit Möpschen vor dem Schultor. Die Reise von Hamburg nach Brixen ist nicht nur für ein Mädchen lang, das bisher noch nicht weiter als von Hamburg ins Kinderheim nach Norderney gereist ist. Zweimal haben Möpschen und Liza im Hotel übernachtet, zweimal sind sie zum Zoll gekommen, wobei der italienische Zöllner Liza besonders gut gefallen hat. Er hat eine tiefe Verbeugung vor ihr gemacht, sie »Signorina« genannt, was »junge Dame« heißt, und ihr die Blume geschenkt, die er am Hut trug. Liza hat sofort gemerkt, daß er Theater gespielt hat, aber es hat ihr trotzdem einen Riesenspaß gemacht, während sie ähnliche Scherze bei Muttis Freunden abscheulich findet.
Im Garten blühen Feuerlilien. Ein Hund bellt und kommt langsam heran. Es ist ein Bernhardiner mit einem braunen und einem schwarzen Ohr. Liza findet, er könnte gut in einem Heidi-Film mitspielen. Auf den Bergen am Horizont liegt Schnee. Schnee im Mai ist für eine Hamburgerin durchaus staunenswert.

»Ach, Möpschen«, seufzt Liza, als eine Dame auf sie zukommt, »ich habe Lampenfieber.«
Lampenfieber haben die meisten Schauspieler vor der Premiere. Manche haben Angst, sie hätten ihre Rolle vergessen, andere glauben, sie müßten stottern. Mutti fürchtet immer, daß ihr die Perücke vom Kopf rutscht. Jetzt begreift Liza schlagartig, was Lampenfieber ist. Später weiß sie überhaupt nicht mehr, wie alles gekommen ist.
Die freundlich ausschauende Dame, die vom Haus kommt, führt die beiden Gäste in ein Zimmer mit bunten Bauernmöbeln. Es ist Frau Möwius, die Direktorin. Von den Schülern wird sie »Direx« genannt, was nicht originell, aber praktisch ist. Liza überlegt, wie gut Frau Möwius, wäre sie jünger, im Theater »Alice im Wunderland« spielen könnte – besonders die Szene, in der die arme Alice so schnell wächst, daß sie ihre Füße nicht mehr sehen kann.
»Ich hoffe, du wirst dich bei uns wohl fühlen«, sagt die Direktorin. »Ich will dir nicht allzuviel von der Schule erzählen, du weißt ja, daß Lehrer immer nur das Falsche erzählen und nie wissen, worauf es ankommt.«
Liza lacht. Sie mag Lehrerinnen, die mal einen Witz machen und über sich selbst lachen können. Die Direx ruft etwas, und herein kommt ein Mann mit einer grünen Schürze. Offenbar heißt er Franz, und er wird gebeten, Lizas Koffer zu holen.
Liza ist so erstaunt, daß sie mit offenem Mund dasteht. Einen Mann mit einer grünen Schürze hat sie noch nie gesehen. Fast vergißt sie, wie sehr sie den Abschied von Möpschen fürchtet. Aber nur fast.
Der Abschied von Mutti zwei Tage zuvor ist ihr viel leichter gefallen. Da war sie so gespannt auf alles Neue. Jetzt aber, da Möpschen gehen will, erfährt Liza zum ersten Mal in ihrem Leben, was es bedeutet, ganz allein unter frem-

den Menschen zu sein. Es ist auch das erste Mal, daß sich Liza bemüht, ihre Gefühle zu verbergen. Sie will nicht, daß die Direx merkt, wie ihr zumute ist.
Liza reibt sich die Augen, schluckt ganz fest, weil der Kloß im Hals so groß ist, und küßt Möpschen.
»Toi-toi-toi«, sagt Möpschen, und noch nie hat Liza den Theaterwunsch so gern gehört. Sie fragt sich, ob die Direx eigentlich weiß, was es mit dem Spucken über die linke Schulter auf sich hat, und plötzlich wird ihr bewußt, daß Möpschen nicht mehr da ist.
Die Dolomitenschule ist kein berühmtes Internat. Die Lehrer und Lehrerinnen und vor allem die Direx haben nur besondere Vorstellungen von Erziehung, und das macht die Schule zu einer besonderen. An der Dolomitenschule ist man sich über eines vollkommen einig: Es wird in der Welt zuviel vom Geld gesprochen. Die Schülerinnen sollen lernen, sich über Kleinigkeiten zu freuen. Vielleicht hat Tante Dorle deshalb die Dolomitenschule für ihre Nichte vorgeschlagen. An Geld und den Dingen, die man kaufen kann, hat es Liza nie gefehlt. Je mehr Mutti von zu Hause fort mußte, desto mehr Geld gab sie Liza.
Auch gute Noten werden in der Dolomitenschule nicht überbewertet. Die Mädchen finden es wichtiger, einem anderen eine Freude zu machen, als eine Eins in Mathematik zu schreiben. Nicht, daß eine Eins in Mathematik nicht viel an der Dolomitenschule gilt, aber man ist sich bewußt, daß nicht jeder gute Noten schreiben kann. Schülerinnen, so will es die Direx, sollen nicht allein nach ihren Noten beurteilt werden, sondern mehr nach ihrem Fleiß und dem Willen, irgend etwas gut zu machen. Jeder schätzt beispielsweise Carla. Sie ist zwar die schlechteste Schülerin der Klasse, aber immer fröhlich und sofort zur Stelle, wenn jemand Trost braucht. Außerdem glaubt sie fest daran, daß

eines Tages ein Wunder geschehen und sie eine gute Schülerin sein wird.

Solche Dinge wird Liza erst in den nächsten Tagen erfahren. Vorerst wird sie von einem blonden Mädchen, das sich als Margret vorstellt, in das Zimmer geführt, das sie mit fünf anderen Mädchen teilen wird. Merkwürdigerweise trägt auch Margret eine Schürze, keine grüne wie der Franz mit den Koffern, sondern eine blaue. Sie fängt Lizas erstaunten Blick auf und lacht.

»Du darfst dich ruhig wundern. Alle Neuen tun das. Als die Schule vor zwanzig Jahren gegründet wurde, hat man die Schürzen eingeführt. Die Bauern tragen sie bei der Arbeit und auch die Kinder vom Ort.« Margret ist nicht gewöhnt, lange Reden zu halten, aber zu einer weiteren Erklärung fühlt sie sich doch verpflichtet. »Weißt du, man schaut halt nicht dauernd, wer die schönsten Klamotten anhat, wenn jede eine Schürze trägt. Da kommen sich die Ärmeren von uns nicht schäbig vor, und die Reichen fühlen sich nicht schuldig.«

Liza kann sich überhaupt nicht vorstellen, weshalb reiche Mädchen sich schuldig vorkommen sollen, doch sie schweigt und lächelt Margret zu, als diese verspricht, in den nächsten Tagen mit Liza in die Stadt zu gehen. »Dann holen wir dir eine Schürze, und besticken kannst du sie, wie du willst.«

Liza steht schon wieder mit offenem Mund da. Sie sieht aus wie ein Karpfen, und vom Sticken hat sie genauso viel Ahnung wie ein Karpfen von der Rechtschreibung. So unbehaglich ist ihr selten zumute gewesen.

Nach und nach kommen die anderen Mädchen aus Lizas Zimmer hinzu. Anne hat so lange Zöpfe, wie man sie nur noch in alten Kinderbüchern findet. Jenny ist viel kleiner als die anderen und erinnert Liza an eine Puppe, die sie

zum fünften Geburtstag bekam. Angela hat am linken Fuß einen roten und am rechten einen blauen Schuh. Sie setzt sich aufs Bett und baumelt mit den Beinen. »Ich hab gewettet«, kichert sie, »daß das kein Lehrer merkt.«
»Und?« fragt Liza interessiert. So etwas hat sie noch nie gehört.
»Ich glaub, ich hab die Wette verloren«, meint Angela ohne eine Spur des Bedauerns. »Die Direx kam dazu, und für morgen muß ich ihr einen Aufsatz über die Zweifarbigkeit in der Schuhmode abliefern.«
»Ist die Direx streng?«
»So kann man es nennen. Sie schwärmt für Aufsätze«, erklärt ein Mädchen, das sich als Marion vorstellt. Dann sagt sie allerdings etwas, was Liza in arge Verlegenheit bringt. »Das hier ist nicht wie in anderen Internaten. Hier darfst du dir so viele Bilder auf den Nachttisch stellen, wie du willst.«
Marion deutet auf die anderen Betten. Neben jedem steht ein Holztisch mit großen Schubladen, und obenauf haben die Mädchen Fotos von ihren Eltern, Großeltern und anderen Verwandten gestellt. Angela hat offenbar einen Hund zu Hause und Margret einen kleinen Bruder.
Liza hat von ihrer Mutter überhaupt kein Bild und von ihrem Vater nur ein einziges mitgenommen. Da ist er ausgerechnet als Maikäfer verkleidet. Vor zwei Jahren hat er den Maikäfer Sumsemann in »Peterchens Mondfahrt« gespielt. Liza liebt das Foto sehr, aber sie kann es unmöglich auf den Nachttisch stellen. Schließlich wollte sie ja ins Internat, um den vielen Fragen über das Theater zu entgehen. Selbst wenn sie ein Bild von Mutti hätte, könnte sie es niemandem zeigen. Maja Mays Bild ist oft genug in Zeitungen und Illustrierten, und in den Ferien gibt es schließlich auch für die Schülerinnen der Dolomi-

tenschule Fernsehen. Irgendeine würde Maja May bestimmt erkennen.
Liza seufzt. Es ist nicht ganz leicht, eine andere zu sein, als man ist.
»Was macht dein Vater?« fragt die zierliche Jenny, die Liza beim Auspacken hilft.
»Mein Vater ist viel auf Reisen«, antwortet Liza, und sie ist stolz, daß das noch nicht einmal eine Lüge ist.

3. Kapitel

Ein freier Tag und eine neue Freundin – Der Unterschied zwischen Kartoffeln und Unkraut – Das Vergnügen, einen Brief zu schreiben und Post zu bekommen – Liza wird nachdenklich und die Eule hellhörig

Samstag ist der schönste, leider auch der kürzeste Tag der Woche. Es gibt keinen Unterricht, keine gemeinsamen Unternehmungen, keine Aufgaben und so gut wie keine Vorschriften. Der Samstag schmeckt nach Freiheit. Wie Gäste in einem Hotel dürfen sich die Mädchen ein Paket mit Broten und Obst aus der Küche holen, wenn sie keine Lust haben, am gemeinsamen Mittagessen teilzunehmen. Für den Samstag gibt es nur eine Vorschrift: Um sieben müssen alle zurück sein, und wer weg will, muß der Eule sagen, wohin.

Die Eule gibt Deutsch, ist Lizas Klassenlehrerin und heißt eigentlich Frau Jäger, aber das scheint sie manchmal selbst zu vergessen. Obwohl die Eule das Gras wachsen hört, was ihren Spitznamen erklärt, ist sie die beliebteste Lehrerin. Sie ist immer freundlich und sehr oft bereit, beide Augen zuzudrücken. Häufig nimmt sie sich vor, strenger zu sein, aber es gelingt ihr einfach nicht – dazu hat sie Kinder zu gern. Nur eines haßt die Eule: Unpünktlichkeit. In dieser Beziehung läßt sie nicht mit sich handeln.

Wer samstags nicht rechtzeitig von seinen Ausflügen zurückkommt, darf in den nächsten drei Wochen das Haus nicht verlassen. Nur Neuankömmlinge halten das für eine Schikane. Die anderen haben längst begriffen, worauf es ankommt. Weshalb soll die Eule, die stets bereit ist, anderen zu helfen, ihre Freizeit damit verbringen, nach Mädchen zu suchen, die zu bequem sind, auf die Uhr zu schauen? Keine Schülerin ist mehr als einmal unpünktlich gewesen. Der freie Samstag ist zu kostbar, um vergeudet zu werden.

Eine Pflicht muß allerdings samstags erfüllt werden. Ehe die Kinder fort dürfen, müssen sie ihren Brief an die Eltern abliefern. Das ist nur fair. Die Direx hat nämlich eine Abneigung gegen aufgeregte Eltern, die sich Sorgen um ihre Kinder machen, und sie hat nicht die geringste Lust, ständig am Telefon zu stehen und ihnen zu erklären, die lieben Kleinen seien zwar kerngesund, aber zu faul, nach Hause zu schreiben.

In der Dolomitenschule schreibt Liza den ersten Brief ihres Lebens, allerdings nicht, ohne sich vorher gehörig zu blamieren. Sie ist eben gewohnt, nach dem Telefon zu greifen. Wenn Mutti irgendwo außerhalb von Hamburg einen Film drehte und Sehnsucht nach ihrer Tochter hatte, rief sie einfach an. Auch Vati hielt es so. Einmal kam ein Anruf aus Kapstadt und kurz danach einer aus Hongkong. Solche Gespräche müssen mächtig teuer gewesen sein, aber Liza hat nie darüber nachgedacht.

»Wo ist das Telefon?« fragt sie an ihrem ersten Samstag in Brixen.

»Wozu?« will Angela wissen.

»Ich habe meiner Mutter versprochen, mal etwas von mir hören zu lassen«, erklärt Liza großartig.

»Wir schreiben doch heute sowieso nach Hause.«

»Schreiben«, gurgelt Liza, als hätte niemand ihr je erzählt, daß es Menschen gibt, die schreiben können.

»Wir rufen nur in Notfällen zu Hause an«, erklärt Angela und mustert ihre neue Mitschülerin aufmerksam. »Was kann man am Telefon schon sagen? Du willst doch deiner

Mutter bestimmt erzählen, wie es dir hier gefällt, und das würde ein Vermögen kosten, oder nicht?«
Da bleibt Liza die Antwort schuldig. Schweigend setzt sie sich hin und schreibt zum ersten Mal in ihrem Leben einen Brief an die Mutter. Sie ist erstaunt, daß es ihr sogar Spaß macht, aber die wirkliche Überraschung kommt einige Tage später. Mutti hat sofort geantwortet. Vier Seiten lang ist der Brief und sehr lustig. Dabei ist sie mitten in den Proben zu einem neuen Stück.
Von nun an schreibt Liza so eifrig nach Hause, daß die Mädchen sie »Liza Langbrief« nennen. Seite um Seite schreibt sie voll, und jeden Mittag gilt ihr erster Blick der schwarzen Tafel, auf die die Direx die Post für die Mädchen steckt. Mutti hat geschrieben, Möpschen ebenfalls und auch Tante Dorle. Zwei Karten sind von Vati gekommen, eine aus Brüssel und die andere aus Nairobi. Liza hat sie schnell versteckt und bei erster Gelegenheit in den Atlas geschaut, um Nairobi zu finden. Zum Glück hat niemand die fremde Briefmarke entdeckt. Wie hätte Liza einen Vater in Nairobi erklären sollen, der Gedichte vorliest?
Wieder ist Samstag. Liza sitzt am Fenster und wünscht sich, sie könnte so schnell schreiben, wie sie denkt. »Liebe Mutti«, schmiert sie, »seit einer Woche habe ich eine Freundin. Jenny heißt sie. Letzten Samstag entdeckte ich sie allein im Garten. Sie hat furchtbar geweint. Ihre Eltern haben sich scheiden lassen. Jenny weint jedesmal, wenn sie nur daran denkt. Fast hätte ich ihr von Dir und Vati erzählt, aber dann habe ich doch lieber den Mund gehalten. Sonst hätte ich ihr vom Theater erzählen müssen, und das wollte ich doch nicht. Jenny hat sehr an ihrem Vater gehangen, aber jetzt hat der eine neue Frau und schreibt Jenny noch nicht einmal eine Postkarte. Das finde ich

hundsgemein. Vati hat mir übrigens schon zweimal geschrieben. Dabei weiß er gar nicht, daß ich ihn lieb hab. Er ist ja nie da, und ich kann es ihm nicht sagen.«
Durch Jenny lernt Liza auch Frau Emmy kennen, eine Bauersfrau, die die beiden Mädchen regelmäßig besuchen. »Nachher«, schreibt Liza weiter, »gehen wir wieder hin. Der Weg ist weit. Eine Stunde müssen wir bergauf laufen. Frau Emmy hat drei Kinder, aber keinen Mann. Er ist im vorigen Jahr auf einem Berg verunglückt. Jetzt müssen die Kinder viel auf dem Feld arbeiten, aber sie sind sehr fröhlich. Beim ersten Mal haben sie mich allerdings mächtig ausgelacht. Jenny und ich wollten bei der Arbeit mithelfen. Das Unkraut zwischen den Kartoffeln sollte raus, aber ich habe das Unkraut stehenlassen und die Kartoffeln rausgerissen. Luis ist so alt wie ich. Er hat so gelacht, daß er fast erstickt wäre, aber dann hat er von seiner Mutter eine Ohrfeige bekommen. Ich habe mich schrecklich geschämt, aber Frau Emmy hat mich getröstet und mir den Unterschied zwischen Kartoffeln und Unkrautpflanzen erklärt.«
Immer wieder kommt Liza auf ihre neue Freundschaft mit Jenny zurück. Noch nie hat sie eine Freundin gehabt, mit der sie über alles sprechen kann. Sie macht sich Sorgen, wenn Jenny Kummer hat. Das ist ein ganz neues Gefühl für Liza. Sie schreibt es ihrer Mutter, und etwas anderes muß sie ihr auch noch mitteilen, obwohl der Brief bereits fünf Seiten lang ist. »Stell Dir vor«, schreibt sie, »hier spicken die Mädchen nicht. Keine einzige. Ich bin richtig froh, daß niemand neben mir sitzt, sonst hätte ich bei der ersten Arbeit bestimmt auf das Heft von meiner Nachbarin geschaut und mich ganz schön blamiert. Spicken gilt hier als Gemeinheit. Es macht niemandem etwas aus, eine schlechte Note zu schreiben, aber gespickt wird nicht.

Jenny hat mir das erklärt. Sie sagt, in englischen Schulen ist es genauso. Hier gehen die Lehrer manchmal bei Klassenarbeiten sogar aus dem Zimmer. Beim ersten Mal dachte ich, mein Schwein pfeift. Wir schwitzen alle über einer Lateinarbeit, und der alte Brummi (wir nennen ihn immer so) geht einfach raus.«
Gerade weil an der Dolomitenschule so viel mehr Wert auf Ehrlichkeit gelegt wird als auf gute Noten, ist es Liza oft unbehaglich zumute. Schließlich lügt sie ja dauernd. Sie hat erzählt, ihr Vater wäre viel auf Reisen, und ihre Mutter hätte eine Hundezucht. Liza weiß selbst nicht, wie sie auf eine so ausgefallene Idee gekommen ist. Vielleicht durch ihre Freundschaft mit Bello.
Bello, der Bernhardiner, gehört der Direx. Er hat ein großes Herz und zeigt es auch. Er hat alle Mädchen gern, aber zwischen ihm und Liza ist es Liebe auf den ersten Blick. Oft tut Bello so, als müßte er Liza trösten. Dann legt er seine dicke Pfote in ihre Hand und leckt ihr das Gesicht ab. Dabei weint Liza gar nicht, aber natürlich ist ihr oft mulmig zumute. Dann hat sie das Gefühl, als ahnte Bello dies als einziger.
Wahrscheinlich kommt das komische Gefühl im Innern davon, daß Liza ständig schauspielert. Liza würde natürlich schallend lachen, käme einer auf die Idee zu sagen, sie spiele Theater. Sie haßt ja das Theater und nimmt ihren Eltern übel, daß sie Schauspieler sind. Ja, Liza verleugnet sogar ihre Eltern. Und dies alles wegen des Theaters. Sie tut aber so, als wäre ihr Vater ein Geschäftsmann und als säße ihre Mutter zu Hause und machte Hundehütten sauber.
Maja May schauspielert, aber im Gegensatz zu Liza weiß sie es. Schließlich ist es ihr Beruf, auf der Bühne zu stehen. Mal ist sie eine Königin, heißt Maria Stuart und muß aufs Schafott. Mal ist sie die Jungfrau von Orléans, hat ganz

kurze Haare und viele Sorgen. Und manchmal ist Maja May eine ganz moderne Frau in einem schicken Abendkleid, aber sie weiß immer, daß sie alle Rollen nur spielt. Am Ende der Vorstellung wischt sie sich in ihrer Garderobe die Schminke vom Gesicht, setzt die Perücke ab und wird wieder Maja May.
Liza aber spielt die Rolle, die sie sich selbst gewählt hat, ständig. Sogar vor ihrer besten Freundin. Sie tut so, als wäre sie immer glücklich und hätte überhaupt keine Probleme. Die anderen Mädchen glauben, ihr mache alles im Leben Spaß, und das stimmt nun wahrhaftig nicht. Lügen beispielsweise macht Liza überhaupt keine Freude. Noch weniger Freude macht es ihr, als die Eule eines Samstags zu früher Stunde ins Zimmer kommt und Liza einen gehörigen Schreck einjagt.
»Bald können wir mit den Proben anfangen«, sagt die Eule. Sie lächelt dabei, als hätte sie eine Eisbombe im Schrank versteckt.
Die Mädchen jubeln und tun so, als wären Ostern und Weihnachten gleichzeitig in die Sommerferien gefallen.
»Proben?« wiederholt Liza verblüfft.
»Ach, das weißt du ja noch gar nicht«, erklärt Marion vergnügt. »Wir wollen ein Stück aufführen. Für die Schulkinder in Brixen und überhaupt für alle, die kommen wollen. Das machen wir jedes Jahr.«
»Wie soll denn das Stück heißen?« fragt Liza. Sie spürt, daß sie etwas sagen muß, aber ihr Mund fühlt sich an, als wäre er mit Watte ausgestopft.
»Katherlieschen«, sagt die Eule, »ein Märchen. Wir müssen noch sehen, wer das Katherlieschen spielt.«
»Wie wär's mit Liza?« schreit Angela. »Sie schaut gerade so herrlich dumm aus. Genau das richtige fürs Katherlieschen.«

»Ich könnte nie auf einer Bühne stehen, ich würde mich schämen«, erklärt Liza.
»Du bist doch sonst nicht so schüchtern.«
»Was wißt ihr schon«, sagt Liza wütend. Jenny sieht ganz erschrocken aus.
Zum Glück mischt sich die Eule ins Gespräch. »Das hat ja alles noch Zeit«, findet sie. »Erst muß ich das Stück zu Ende schreiben. Liza, sei so nett und hol mir mal das Buch mit dem blauen Einband aus meinem Zimmer. Ich will euch was zeigen.«
Sonst hat Liza scharfe Augen, aber das Buch mit dem blauen Einband ist nirgends zu sehen.
Auf einmal steht die Eule neben ihr. Sie muß ganz lautlos ins Zimmer gekommen sein. »Liza«, sagt die Eule sanft, »warum schreibst du deinem Vater nie?«
Liza ist gerade dabei, sich eine passende Lüge einfallen zu lassen, aber die Worte bleiben ihr im Hals stecken. Woher weiß die Eule, daß Lizas Eltern nicht zusammenleben?
Sie scheint überhaupt noch einiges zu wissen, denn mit einemmal sagt sie: »Schauspieler leben nun mal anders als andere Leute, Liza. Du bist eigentlich alt genug, um das zu verstehen. Dein Vater würde sich bestimmt über einen Brief von dir freuen, Katherlieschen!«
Liza grübelt lange, weshalb die Eule sie Katherlieschen genannt hat, aber sie kommt zu keinem Ergebnis.

4. Kapitel

Luis ist kein Kind mehr – Die Pflichten eines Hütejungen – Liza macht ein Geständnis und faßt einen Entschluß – Sind freundliche Lehrer langweilig? – Konferenz im Badezimmer – Jennys großer Irrtum

Frau Emmy freut sich immer, wenn die beiden Mädchen aus der Dolomitenschule kommen. Sobald sie sich nur ein paar Minuten verspäten, ist sie besorgt. Ihre eigenen Kinder, Luis, Anna und der kleine Michael, haben wenig Abwechslung und müssen schon hart arbeiten, besonders der zwölfjährige Luis.

Es ist erstaunlich, wie schnell sich der zurückhaltende Luis an Liza angeschlossen hat. Er hat sogar wieder lachen gelernt, seitdem Liza in das kleine Haus am Berg kommt, mit den Katzen spielt, ihm bei der Feldarbeit hilft und die seltsamen Geschichten vom Leben in Hamburg erzählt.

Luis leidet mehr am Tod des Vaters als die anderen Geschwister. Von früh an hatte er den Vater auf Bergtouren begleitet, und hätte er an jenem schrecklichen Sonntag nicht Masern gehabt, hätte er vielleicht rechtzeitig Hilfe holen können, als das Unglück geschah. Luis grübelt oft. Nie wird man genau wissen, was passierte. Als der Vater, ein erfahrener Bergführer, abends noch nicht heimgekehrt war, brachen noch in der Nacht die Männer der Suchtruppe auf. Es gab keine Hilfe mehr. Der Vater lag tot an einer Stelle, die als vollkommen ungefährlich galt. Selbst Touristen in Halbschuhen, über die die Kinder der Berge so spotten, hätten dort wandern können.

Als die Männer den Vater, mit einem Tuch bedeckt, auf einer Bahre nach Hause brachten, hörte Luis auf, ein Kind

zu sein. Er übernahm die Pflichten des Vaters, und die vergißt er nie. In zwei Wochen wird er mit den Geschwistern zur Seiser Alm aufbrechen. Tante Rosel, Mutters Schwester, bewirtschaftet dort mit ihrem Mann die »Enzianhütte«. Sie versorgen das Vieh, das auf der Alm weidet, und die Wanderer lassen sich Eier mit Speck braten, wenn sie Rast machen. Sonntags kommen die jungen Männer von Kastelruth herauf. Jeden Sommer sind Luis, Anna und Michael zusammen mit den vier Kindern von Tante Rosel und Onkel Franz auf der Alm. Anna hilft der Tante, Luis geht mit dem Vieh hinaus, treibt es auf die blühenden Almwiesen und abends zurück in den Stall.
Jetzt, da Luis schon zwölf Jahre alt und der Vater nicht mehr da ist, würde er lieber kein Hütejunge sein und bei der Mutter in Brixen bleiben, um nach dem Rechten zu sehen. Sie braucht seine Hilfe sehr, ist aber auf das Geld angewiesen, das Luis von Onkel Franz bekommt.
Liza hat sich genau berichten lassen, wie ein Hütejunge seinen Tag verbringt. »Wie lange bleibst du auf der Alm?« will sie wissen.
»Bis Ende September«, seufzt Luis. »So lang sind bei uns die Ferien.« Wenn er mit Liza spricht, bemüht er sich, seinen Südtiroler Dialekt zu vermeiden.
»Was machste auf der Alm?« bohrt Liza.
»Sag ich doch. Kühe hüten.«
»Wahnsinn!« sagt Liza neidisch.
»Du redest wie die Leut im Kino.«
»Meine Mutter ist Schauspielerin.« Liza ist äußerst erstaunt, als sie das sagt. Ihr Gesicht brennt.
»Was macht eine Schauspielerin?« fragt Luis.
Es wird ein sehr langes Gespräch. Luis stellt immer wieder Fragen, und Liza macht es Spaß, sie zu beantworten. Das hätte sie nie erwartet. Zum ersten Mal, seitdem sie in der

Dolomitenschule ist, fühlt sie sich frei. Endlich hat sie keine Angst, sich zu verraten, und sie muß nicht auf jedes Wort achten. Luis ist ein erstaunlicher Gesprächspartner. Er hält Schauspieler absolut nicht für außergewöhnliche Menschen, und so stellt er auch nicht die üblichen dummen Fragen über das Theater, sondern hört schweigend zu. Er sagt auch nichts über Eltern, die nicht zusammen wohnen, obwohl er diesen Teil von Lizas Bericht überhaupt nicht versteht. Eheleute, die nicht zusammen wohnen, sind Luis bisher noch nicht begegnet. Er kennt nur den Tod, der die Familien auseinanderreißt.

»Was soll ich eigentlich machen, wenn du drei Monate fort bist?« fragt Liza plötzlich. Zum zweiten Mal an diesem Tag ist sie über ihre eigenen Worte erstaunt. Schließlich ist gerade sie gewöhnt, daß Menschen, die sie kennt, fortgehen. Vati ist fast nie daheim, Mutti sehr oft verreist.

»Komm doch auf die Alm und hüt mit mir die Küh'«, sagt Luis. Er springt auf und rennt fort.

Liza will ihm gerade nachlaufen, als Jenny erscheint. »Wo gehst du denn hin?«

»Mit Luis auf die Alm und Kühe hüten«, kichert Liza.

»Da wird sich die Direx aber freuen.«

»Was würde die denn sagen, wenn ich ihr das klarmache?« fragt Liza.

»Versuch's doch mal«, empfiehlt Jenny, was sie natürlich nicht ernst meint, aber sie kennt Liza noch nicht sehr gut.

Liza ist es nicht gewöhnt, daß ihr jemand einen Wunsch abschlägt. Mutti hat ihr fast alles erlaubt, und Liza wußte genau den Grund. Mütter, die ihre Kinder viel allein lassen müssen und deshalb ein schlechtes Gewissen haben, sind selten streng. Liza hat das früh begriffen und ausgenutzt. Wenn sie um etwas bettelte, pflegte ihre Mutter den Kopf zu schütteln und »Raffiniertes kleines Biest« zu sagen, und dann durfte Liza genau das tun, was ihr zuvor verboten worden war.

In der Dolomitenschule sind die Lehrer nicht besonders streng. Es gibt nur wenige Verbote, und die haben Liza bisher noch nie gestört. Noch vor wenigen Tagen war sie glücklich und zufrieden. Sie erhielt viel Post, war beliebt bei Mitschülerinnen und Lehrkräften und hatte nie Heimweh. Manchmal war ihr zwar komisch zumute, wenn sie ständig log, aber das quälte nur beim Einschlafen und war beim Aufwachen schnell vergessen.

Am Tag, da Luis von der Alm berichtet hat, kann Liza nicht einschlafen. Auf einmal will sie unbedingt etwas erleben. Sie spürt eine seltsame Unruhe und findet die Dolomitenschule plötzlich nicht so gut, wie sie dachte. Die Lehrerinnen erscheinen ihr nicht mehr wohltuend freundlich, sondern weich. Weshalb bestrafen die eigentlich nie jemanden? In Internatsgeschichten geht das Leben ganz anders und vor allem viel aufregender zu.

Natürlich will Liza nicht ernstlich bestraft werden, aber sie hat schon Lust, mal herauszufinden, wie weit man gehen kann. Das sind sehr typische Gedanken für Liza, wenn sie sich langweilt. Zu Hause war das ebenso. Dann pflegte sie ihre Mutter regelrecht herauszufordern.

Alle liegen schon im Bett. Von weitem hört man die Turmuhr zehnmal schlagen. »Jenny«, flüstert Liza.

»Was ist?« Jennys Stimme klingt verschlafen.

»Komm mit ins Badezimmer.«

»Ist dir schlecht?«

»Blödmann«, antwortet Liza ungeduldig. »Ich muß dir was sagen.«

Barfuß und im Nachthemd schlüpfen die beiden Mädchen

aus dem Schlafraum. Leicht fröstelnd hocken sie im Badezimmer, und Jenny hört verblüfft, was sich Liza da zusammengereimt hat. »Ich will einfach mal sehen, was passiert, wenn ich nicht zum Frühstück da bin.«
»Das gibt eine furchtbare Aufregung. Alle müßten raus und dich suchen.«
»Und ich sitze bei Frau Emmy und trinke in aller Gemütsruhe Kaffee«, sagt Liza vergnügt.
»Bist du krank, Liza?« fragt Jenny besorgt.
Liza schüttelt den Kopf und tippt sich an die Stirn. Krank ist sie nicht, aber sie langweilt sich, und da handelt sie oft unüberlegt. Sie will den anderen Mädchen imponieren, und vor allem will sie Luis imponieren. Nachts wird sie an sein Fenster klopfen und so tun, als wäre das ganz selbstverständlich. Natürlich wird man Liza bestrafen, aber gerade das gehört zu ihrem verrückten Plan. Wenn die Strafe nämlich nicht allzuschlimm wird, dann kann sie ja mal länger ausbleiben. Vielleicht wird sie sogar Luis auf der Seiser Alm besuchen.
Jenny kann kaum die Tränen zurückhalten, als sie das alles erfährt. Eigentlich müßte sie die Eule oder die Direx warnen, um Liza von ihrem idiotischen Plan abzubringen, aber das sieht ja gewaltig nach Petzen aus. Aber so tun, als hätte sie von nichts gewußt, wenn Liza wirklich verschwindet, das mag Jenny auch nicht.
Jenny ist ebenso aufrichtig wie schüchtern. Sie spürt, daß sie durch Liza in eine sehr verzweifelte Lage kommen wird. »Ach, Liza«, sagt Jenny, und sie spricht ganz schnell, weil sie sich geniert, »laß doch den Quatsch.«
»Warum denn?«
»Am Ende schmeißen die dich von der Schule.«
»Na und? Es gibt viele Schulen auf der Welt. Oder nicht?«

»Dann bin ich wieder allein«, sagte Jenny sehr leise, »und du bist doch meine erste Freundin.«
»Dann komm eben mit«, schlägt Liza vor, die absolut keine Lust hat, jetzt über den Wert einer Freundschaft zu diskutieren.
»Ich?« fragt Jenny entsetzt.
»Feigling«, spottet Liza, »du hast überhaupt keinen Mumm in den Knochen. Was könnten wir alles...«
»Darf ich fragen, weshalb die Damen eine Konferenz im Badezimmer abhalten?« Die Stimme klirrt wie Eis und gehört der Direx. »Vielleicht habt ihr«, fährt sie fort, »eine einleuchtende Erklärung für diesen ungewöhnlichen Treffpunkt. Am Ende tropft ein Wasserhahn, den ihr reparieren wollt.«
»Nein«, sagt Liza verdächtig leise.
»Oder«, fährt die Direx ganz sanft fort, »wolltet ihr ein Gespenst vertreiben? Auch nicht! Na, dann hat Bello bestimmt Durst, und ihr wolltet ihn mit Wasser versorgen.«
Selbst Liza begreift, daß man mit dummen Entschuldigungen bei der Direx kein Glück hat.
»Ich sehe, den Damen fällt so gar nichts Interessantes ein. Dann schlage ich bis morgen mittag einen Aufsatz vor. Thema: Die Annehmlichkeiten eines Badezimmers gegenüber einem Bett. Aber nicht unter vier Seiten, bitte!«
»Morgen ist Samstag«, sagt Liza entsetzt.
»Ich hab auch einen Kalender, mein Kind«, erklärt die Direx gütig und verschwindet.
Liza kommt sich so blamiert wie selten vor. Eben wollte sie noch die ganze Welt herausfordern und alle das Staunen lehren, und jetzt sitzt sie mit einer Strafarbeit und der Aussicht auf einen verpfuschten Samstag da. »Tut mir leid, Jenny«, flüstert sie, »ich mach deinen Aufsatz mit. Dann

kannst du wenigstens zu Frau Emmy. Aber erzähl Luis nichts davon.«
»Kommt überhaupt nicht in Frage«, widerspricht Jenny, »mitgegangen, mitgehangen.«
Sie ist eigentlich recht zufrieden. Der Aufsatz ist zwar lästig, und um den freien Samstag ist es ein Jammer, aber Liza wird wenigstens begriffen haben, daß sie nicht alles machen kann, was ihr in den Sinn kommt. Jetzt muß sie doch einsehen, daß die Lehrerinnen an der Dolomitenschule zwar freundlich, aber nicht gewillt sind, sich an der Nase herumführen zu lassen. Die Direx läßt schon gar nicht mit sich spaßen.
Das alles überlegt sich Jenny, ehe sie einschläft, aber sie kennt Liza nicht.

5. Kapitel

Lügen will gelernt sein – Liza enttäuscht ihre Mitschülerinnen – Was es bedeutet, anderen eine Freude zu machen – Bello gibt Liza einen Korb, und die Eule ist rechtzeitig da – Eine Überraschung mitten in der Nacht und eine Menge Tränen

Weil Liza zierlich, blond und stupsnäsig ist, himmelblaue Augen hat und auch mal über sich selbst lachen kann, kommen die Mädchen in ihrer Klasse auf die Idee, sie solle in dem Stück »Der Frieder und das Katherlieschen« die weibliche Hauptrolle spielen.

Katherlieschen ist eine schusselige Person, die immer alles falsch macht. Sie treibt ihren Mann, den braven Frieder, zur Verzweiflung. Was Frieder auch sagt, Katherlieschen mißversteht ihn. Im Keller läuft das Bier aus dem Faß – Katherlieschen nimmt das gute Mehl, um die Pfütze zu trocknen. Den Räubern gibt sie sogar freiwillig das Geld, das Frieder so sorgsam im Garten vergraben hat. Und wie sie sich erst bei der Jagd nach den Räubern anstellt...

»Stell dir vor, Liza, wie du ausschaust, wenn die Würste zum Mittagessen verschwunden sind«, sagt Margret.

»Und wie dir der Hund davonläuft«, fährt Angela fort.

»Und du aus Versehen die Rüben ausrupfst«, lockt Jenny.

»Und ich bin dein Frieder«, erinnert Claudia stolz.

Liza hat den Kopf so voll mit ihren unsinnigen Plänen gehabt, mal so zum Spaß von der Schule auszurücken, daß sie die geplante Klassenaufführung vollkommen vergessen hat. Sie wird ganz rot. Ihre Mitschülerinnen halten das für Verlegenheit, aber Liza ist rot vor Wut geworden. Immer wieder Theater. Besteht denn die ganze Welt nur aus Theater? Wollen sich die Menschen denn immerzu ver-

kleiden und auf der Bühne stehen, nur um das Publikum klatschen zu hören?
Das Spiel vom Katherlieschen soll auf dem Marktplatz in Brixen aufgeführt werden, und alle Kinder der Stadt will man dazu einladen. Die Mädchen können die erste Probe kaum abwarten. Viele kennen das alte Märchen, doch die Eule hat es für die Bühne neu bearbeitet und sehr viele Rollen hinzugefügt. Die gutmütige Lehrerin weiß, wie traurig die Mädchen sind, die keine Rolle bekommen, und wenn nur eins traurig ist, dann ist sie selbst unglücklich.
»Na, Liza«, sagt die Eule, »eine Hauptrolle wird einem wohl nicht alle Tage angeboten.«
Fast muß Liza lächeln. Sie denkt an Mutti und wie wichtig ihr gute Rollen und vor allem Hauptrollen sind, aber vielleicht will Liza gerade deshalb nicht das Katherlieschen spielen. »Ach«, sagt sie und bemüht sich, dabei ganz gleichgültig auszusehen, »ich geniere mich, auf der Bühne zu stehen.«
Liza hat bereits als Dreijährige das erste Mal auf der Bühne gestanden. Damals spielte Mutti die Feenkönigin Titania, und Liza war das kleine Kind, das die Königin so liebt und nicht hergeben will, worauf es zu einem schrecklichen Streit mit dem Elfenkönig Oberon kommt. Immer wenn im Theater ein Kind gebraucht wurde, holte man Liza. Regisseure arbeiten am liebsten mit Kindern, die schon Erfahrung haben. Damals machten die kleinen Rollen Liza noch Spaß. Obwohl sie ein Mädchen ist, durfte sie Wilhelm Tells Sohn Walter spielen und sich den Apfel vom Kopf schießen lassen. Bei Hänsel und Gretel tanzte sie im Ballett mit und war hinter der Bühne sehr gut mit der Hexe befreundet. Jedes Jahr holte man Liza für eine kleine Rolle im Weihnachtsmärchen, aber eines

Tages mochte sie nicht mehr mitmachen. Damals begann sie das Theater dafür verantwortlich zu machen, daß ihre Eltern nie Zeit für sie hatten und daß Vati eines Tages auszog. So wird sie auch nicht das Katherlieschen spielen. Niemals!

»Ich weiß was«, schlägt die Eule vor, die Liza sehr aufmerksam beobachtet hat. »Die Mädchen, die für die Rolle in Frage kommen, lernen die erste Szene. Dann werden wir sehen, wer seine Sache am besten macht. Oder seid ihr etwa traurig, wenn dann doch nur eine einzige die Rolle bekommt?«

Im Gegenteil. Die Mädchen bejubeln den Vorschlag, als hätten sie nie zuvor so etwas Gescheites gehört. Liza muß sich zusammennehmen, um nicht zu grinsen. Sie wird den Mädchen schon zeigen, wie unbegabt sie ist. Ach, sie will ja nicht unkameradschaftlich sein, aber das Katherlieschen wird sie bestimmt nicht spielen. »Ich mach euch die Souffleuse«, schlägt sie vor.

»Die was?«

»Die hilft weiter, wenn jemand steckenbleibt«, erklärt Liza und seufzt. Das war also falsch. Wie sollen auch die Mädchen wissen, was eine Souffleuse ist? So bleibt Liza, will sie nicht weiter auffallen, nur das Versprechen übrig, bis Freitag einen Teil der Katherlieschen-Rolle zu lernen. Zusammen mit Margret, Saskia, Sabine und Jeannette.

Der Freitag kommt schnell. Die anderen Mädchen haben ihre Rolle vor der Klasse und der Eule gespielt. Jeannette ist weitaus die Beste. Dann kommt Liza an die Reihe. Da steht sie nun als Katherlieschen und ist so ganz anders, als sich die Mädchen vorgestellt haben.

Liza spielt so schlecht, wie sie nur kann. Katherlieschen ist doch ein Trampel, aber Liza schwebt herum, als wäre sie eine Fee. Katherlieschen ist eine Bauersfrau, aber Liza spricht so gekünstelt, als ginge es um eine Herzogin, die gerade ihre Garderobe kauft.

»Liza«, unterbricht die Eule, »das kann doch nicht dein Ernst sein!«

»Wieso?« fragt Liza unschuldig. Nur wer Talent hat, kann so unschuldig aussehen und eine Rolle so konsequent falsch spielen. Liza hat das manchmal erlebt, wenn die Schauspieler Wut auf den Regisseur hatten. Dann stellten sie sich so dämlich wie möglich an, um ihn zu reizen. Sie spielt weiter und macht aus dem derben Katherlieschen ein feines Mädchen, das allenfalls die »Prinzessin auf der Erbse« sein könnte.

Enttäuscht spüren die Mädchen, wie falsch und dumm das alles ist. Sie haben geglaubt, Liza würde das bestimmt besser machen. Sonst hätten sie ihr die Rolle gar nicht angeboten. Das war doch schließlich eine Auszeichnung für eine, die erst so kurz in der Klasse ist. Zum Schluß bekommt Jeannette die Rolle. Sie strahlt, denn sie träumt schon lange davon, eines Tages Schauspielerin zu werden.

Liza trödelt beim Verlassen der Klasse. Sie hat keine Lust, mit den anderen zu reden. Irgendwie fühlt sie sich auch der Eule gegenüber schuldig. Sie fühlt, daß sie die Lehrerin im Stich gelassen hat. Schließlich hat die Eule das Stück geschrieben, will es inszenieren, sorgt sich dauernd um jeden. Bestimmt hätte Liza ihre Rolle gut gespielt. Das weiß sie selbst. Nicht daß sie ihr Talent übermäßig einschätzt, aber sie weiß schließlich, was am Theater Erfahrung bedeutet. Das hat sie oft genug zu hören bekommen. Sie möchte der Eule etwas Nettes sagen, aber ihr fällt nur der törichte Satz ein: »Soll ich die Blumen gießen?«

»Eine gute Idee, Liza. Übrigens muß ich dir noch was sagen. Man kann sich nicht ständig etwas vormachen.«
»Ich weiß nicht, was Sie meinen«, entgegnet Liza steif.
»Ich glaub schon.«
»Ich kann wirklich nicht schauspielern.«
»Was du heute gezeigt hast, war recht begabt – nur in der falschen Richtung. Das war doch kein Zufall. Oder? Mit dir als Katherlieschen wäre das Stück bestimmt besser geworden, und das wirst du ja wohl selbst spüren. Manchmal muß man auch anderen eine Freude machen.«
Die Eule hält sonst nicht so lange Reden. Liza schweigt verblüfft. »Deine Eltern können dich liebhaben, auch wenn sie an ihrem Beruf hängen«, fährt die Eule fort. »Das Theater bedeutet ihnen eben viel. Kinder kommen nicht immer zuerst im Leben.«
Wortlos rennt Liza aus dem Zimmer. Sie ist wütend. Auf wen? Auf die Eule, die alles zu wissen scheint, auf die Mädchen, auf das dämliche Katherlieschen, auf die ganze Welt! Was wissen sie denn alle vom Theater? Können die sich vorstellen, wie das ist, wenn eine Mutter selbst zu Weihnachten unter dem Baum sitzt und nur vom Theater und ihren Rollen redet?
Liza ist ungerecht. Sonst hätte sie nämlich merken müssen, wie sich ihre Mutter bemüht, in den Briefen nicht nur vom Theater zu schreiben. Alles, was Liza von der Dolomitenschule berichtet, scheint sie zu interessieren. Sie macht so lustige Bemerkungen dazu, daß Liza beim Lesen der Briefe oft laut lacht.
In dieser Nacht kann Liza nicht einschlafen. Plötzlich weiß sie, was sie will. Nur fort. Wie ein kleines Kind will sie weglaufen, Aufsehen erregen, ihre Gedanken vergessen, die sie für Sorgen hält.
Schnell hat Liza ihre Jeans angezogen. Die Schuhe trägt

sie in der Hand, als sie aus dem Schlafsaal schlüpft, und zieht sie draußen an. Bello macht einen schwachen Versuch zu bellen. »Kommste mit?« fragt Liza hoffnungsvoll, aber der Bernhardiner hat sich schon wieder schlafen gelegt. Nachts durch die Gegend zu laufen ist nicht nach seinem Geschmack.
Liza ist zehn Minuten gegangen, als sie das Gefühl bekommt, jemand würde sie verfolgen. Sie spürt eher Unbehagen als richtige Angst. Die kommt erst, als sie der Ruf erreicht: »Liza, du kommst sofort zurück!«
In der Dunkelheit erkennt Liza die Stimme der Eule. Sie wundert sich noch nicht mal sehr. Irgendwie scheint die Eule in kritischen Momenten immer zur Stelle zu sein.
»Was fällt dir ein? Weißt du, was passiert, wenn ich dich der Direx melde?«
»Nein«, erwidert Liza leise.
»Du bekommst Ausgangssperre bis zu den Ferien, und das ist mächtig lang. Und außerdem bekommen deine Eltern Mitteilung.«.
»Ach«, sagt Liza, nun nicht mehr ganz so kleinlaut, »das wäre denen doch egal.«
»Ich glaube kaum, Liza«, meint die Eule, »dein Vater kommt dich nämlich morgen besuchen.«
Liza begreift nur sehr langsam, was die Eule da eben gesagt hat, und dann tut sie etwas, das ihr so gar nicht ähnlich ist. Sie kuschelt sich an die Lehrerin und weint so bitterlich wie seit Jahren nicht mehr.
»Freust du dich denn so?«
»Das hätte ich nie gedacht«, schluchzt Liza, »wo er doch immer nur Karten schreibt.«
»Er hat auch diesmal eine geschrieben. Er ist auf dem Weg nach Wien, hat drei Tage frei und macht diesen Umweg, um dich zu sehen.«

»Nie hätte ich das gedacht«, sagt Liza zum zweiten Mal. Hand in Hand geht sie mit der Eule zurück, und wie Diebe schleichen sie sich ins Haus. Die Eule ist ganz sicher, daß Liza nie mehr fortrennen wird, und für den Moment hat sie auch recht.

6. Kapitel

Sommerferien im Oktober – Wie man den eigenen Vater am besten kennenlernt – Ein Herz macht seltsame Sprünge – Die Hexenbänke – Macht Glück hungrig? – Lieder am Feuer und eine Nacht im Heu

Die Mädchen in der Dolomitenschule interessieren sich für junge, gutaussehende Männer; Lizas Vater sieht erstaunlich jung und gut aus. So hängen die Mitschülerinnen wie Klammeraffen am Fenster, als sich Liza mit ihrem Vater von der Direx verabschiedet.

»Manche Leute haben das Glück gepachtet«, sagt Margret neidisch.

»Ich gönn's ihr«, meint Jenny, die eigentlich mehr Grund zu Neid hätte.

Wenn es auch in der Dolomitenschule ungern gesehen wird, daß Eltern zu kurzen Besuchen auftauchen, so sind die Lehrer dennoch zu Ausnahmen bereit, und daß Liza ihren Vater so selten sieht, rechtfertigt in den Augen der Direx eine solche Ausnahme. Drei Tage darf sie mit dem Vater fort. So etwas hätte sie sich nie träumen lassen.

Ferien wird es erst im Oktober geben, eine seltsame Zeit für Sommerferien. Die Direx aber hat die Erfahrung machen müssen, daß viele Eltern ihre Kinder im Sommer gar nicht bei sich haben wollen, wenn sie in Urlaub fahren. Früher, als die Dolomitenschule genau wie andere Schulen im Sommer die großen Ferien hatte, bekam die Schule ständig Anfragen, ob dieses oder jenes Mädchen nicht in Brixen bleiben könnte. Die Direx hatte dann viel zu tun. Sie mußte ständig Kinder trösten, die sich von den Eltern im Stich gelassen fühlten. Deshalb hat sie die Sommer-

ferien auf den Oktober verlegt. Nun besteht sie auch darauf, daß dann alle Eltern die Kinder zu sich holen. So etwas sollte selbstverständlich sein, aber leider ist es nicht so. Es müßte Schulen geben, in denen Eltern lernen, wie man Kinder richtig behandelt. Das denkt die Direx oft – auch in dem Moment, als sich Liza verabschiedet.
Solche Sorgen hat Liza nicht, als sie ins Auto steigt, aber so fröhlich wie sonst ist sie auch nicht, sondern eher verlegen. Sie hat ihren Vater eine Ewigkeit nicht gesehen, und er unterhält sich mit ihr wie mit einem fremden Kind. Er stellt genau die Fragen, die Erwachsene immer stellen, wenn sie nicht wissen, was sie mit Kindern reden sollen. In welche Klasse Liza geht, will er wissen; ob ihr die Schule gefällt und ob sie schon eine Freundin hat. Es fehlt nur noch, daß er mich fragt, wie alt ich bin, überlegt Liza.
Aber das fragt er dann doch nicht, sondern sagt: »Wo wollen wir eigentlich hin? Ich kenn die Gegend nicht.«
»Ich auch nicht.«
»Ach, weißt du was, wir gehen erst einen heben!«
Nun, da der Vater sie wie einen Kumpel behandelt, fühlt sich Liza ein bißchen wohler, nicht mehr, als wäre sie irgendwo auf Besuch und dürfte nicht das Tischtuch bekleckern.
Sie sitzen in Brixen in einem Gartenlokal. Rechts von ihnen ist ein großes Eisentor, das zu einer Kirche führt. Die Blumen tragen Sommerpracht, und die Sonne läßt die Schatten zwischen den Bäumen auf der breiten Allee tanzen. Auf einer Bank ruht sich eine Bauersfrau aus, der schwere Korb mit Gemüse steht neben ihr. Sie bringt Liza auf eine Idee.
»Ich weiß was. Wir fahren zur Enzianhütte.«
»Enzianhütte?« wiederholt der Vater, als hätte man ihm eine Reise zum Nordpol vorgeschlagen.

»Ich kenn dort einen Jungen.«
»Ich dachte, du bist erst zwölf.«
»Elf«, verbessert Liza stirnrunzelnd. »Was hat das damit zu tun?«
»Wo ist die Hütte?«
»Auf der Seiser Alm«, erinnert sich Liza.
»Auf der Alm, da gibt's koa Sünd«, singt der Vater.
»Was?«
»Entschuldige, Liza, ich bin Damen deines Alters nicht gewöhnt.«
»Macht nichts«, tröstet Liza. Das Eis scheint endgültig gebrochen. Sie denkt nicht mehr dauernd daran, daß sie den Vater so lange nicht gesehen hat und daß er eigentlich ein Fremder ist, der nur Postkarten schreibt und so gar keine Ahnung hat, was man mit einem elfjährigen Mädchen macht – auch wenn dieses Mädchen seine Tochter ist. Sonst hätte er kaum zum Kellner »Zwei Campari« gesagt, worauf Liza ein großes Glas mit roter Flüssigkeit vorgesetzt bekam, die sich als Alkohol entpuppte und scheußlich bitter schmeckte.
Nein, Vati ist schon in Ordnung, überlegt Liza, nur ein wenig unbeholfen. Wie damals als Maikäfer Sumsemann in »Peterchens Mondfahrt«, als er sein sechstes Bein verloren hatte.
Zusammen gehen sie in eine Buchhandlung und kaufen eine Karte von der Gegend, doch die Enzianhütte ist natürlich nicht verzeichnet. Der Verkäufer schickt sie zum Alpenverein. Dort weiß ein freundlicher Mann genau Bescheid. Es sei ganz einfach, sagt er – mit dem Auto in Waidbruck abzweigen, dann nach Kastelruth und die Straße zur Alm hoch, anschließend mit dem Sessellift zum Puflatsch und den restlichen Weg zu Fuß.
»Es ist der leichteste Weg, den's in der Gegend gibt«, sagt

der Mann ermutigend, als er das bestürzte Gesicht von Lizas Vater sieht. »Ziehen Sie nur ein Paar festere Schuhe an, und nehmen Sie Regenzeug mit. Man kann nie wissen.«
So gehen sie zunächst einmal einkaufen. »Man könnte meinen, ich soll den Luis Trenker spielen.« Vati lacht, als er nicht nur ein Paar Schuhe kauft, sondern auch einen grünen Lodenhut, der Liza so gut gefällt.
»Den Luis gehen wir ja auch besuchen«, freut sich Liza und stellt erstaunt fest, wie der Hut ihren Vater verändert hat.
»Den Trenker? Der lebt doch nicht mehr.«
»Quatsch. Den Sohn von Frau Emmy. Er ist so alt wie ich, aber er hat noch nicht einmal so einen Vater wie dich.«
»Was bin ich denn für einer?«
»Ein seltener«, erklärt Liza, doch dann fügt sie hinzu, »ein selten netter.« Vor zwei Stunden hätte sie so etwas bestimmt noch nicht gesagt.
Genau besehen, ist Vati mehr als nett. Er spricht mit Liza über alles und entschuldigt sich besonders höflich, wenn er etwas sagt, was Liza nicht versteht. Manchmal hält er das Auto unvermittelt an. Dann steigen beide aus, schauen auf die Berge und ins Tal. Auf den hohen Bergen liegt noch Schnee, und das mitten im Sommer. Rechts von der Straße ist Wald. Manchmal läuft eine Herde Kühe zwischen den Bäumen hervor und auf die Straße. Alle haben Glocken um den Hals.
»So etwas kenne ich nur vom Kino«, sagt Vati bewundernd. »War eine gute Idee von deiner Mutter, dich nach Brixen in die Schule zu schicken. So gut sind ihre Ideen selten.«
»War nicht ihre, sondern die von Tante Dorle.«
»Hätt ich mir denken können. Hörst du eigentlich mal von deiner Mutter, Liza?«

»Sie schreibt mir jede Woche, ganz lange Briefe«, sagt Liza stolz. Vatis verblüfftes Gesicht läßt sie plötzlich zärtlich an ihre Mutter denken.
Um elf Uhr kommen sie auf der Seiser Alm an, stellen das Auto auf den großen Parkplatz und gehen zur Station des Sessellifts. Dreimal fahren sie herauf und wieder herunter. Liza ist so unersättlich wie ein Kleinkind, das zum ersten Mal im Leben Karussell fährt. Die Füße baumeln herab zur Erde, der Kopf schwebt in den Wolken. Die Kühe unter der Bahn läuten ihre Glocken, und zuweilen glaubt man, im Vorbeischweben ihre Hörner fassen zu können. Unter der Bahn keuchen die Wanderer mit dem Rucksack den Berg herauf.
»Jetzt bleiben wir oben«, bestimmt Vati, als sie zum dritten Mal auf dem Puflatsch landen.
Wer noch nicht viel Gelegenheit hatte, Vater zu sein, und wer nur selten in den Bergen war, hat viel auf einmal zu lernen. Vati lernt erstaunlich schnell. Liza kommt es bald so vor, als sähe sie ihn oft und als gäbe es weder Theater noch die vielen Gastspielreisen. Alles vergißt sie, während sie neben dem Vater herläuft – Hamburg, die Mutter, die Dolomitenschule samt Eule und Direx und auch Jenny. Daß sie Jenny so schnell vergißt, macht Liza ein wenig schuldbewußt, aber sie fühlt sich viel zu frei, um lange ein schlechtes Gewissen zu haben.
Immer wieder müssen die beiden Wanderer nach dem Weg zur Enzianhütte fragen.
»Hier sind die Hexenbänke«, erklärt ein Bauer.
»Wo?«
»Die Steine da.«
Liza rennt hin und klettert auf einen der großen Felsblöcke. Von dort aus sieht man ins Grödner Tal nach St. Ulrich. Der Himmel wirkt wie tiefblaues Meer. Auf der

Wiese biegen sich die Butterblumen im Wind. Die gelben Sumpfdottern sind kugelrund.
Vati schwenkt seinen neuen Hut und sieht gefährlich aus. Er schreit: »Wann treffen wir drei wieder zusamm'? Um die siebente Stund' am Brückendamm.«
»Was machst du?«
»Ich bin eine Hexe und zitiere Fontane.«
»Wer ist Fontane?«
»Ein Dichter. Lernt ihr denn gar nichts heutzutage?«
»Ich glaub nicht«, kichert Liza, »mach weiter, Hexe.«
Der Vater spielt weiter. Er stellt drei Hexen gleichzeitig dar. Eine kommt vom Norden, eine vom Süden und eine vom Meer. Die erste ist groß, die nächste klein, und die dritte ist die Oberhexe. Vati seufzt, kreischt, heult wie der Wind, tut so, als entzündete er ein Feuer, und läßt es zischen und krachen. Zum Schluß wird er wieder Vati in den neuen Schuhen und mit dem grünen Hut.
»Super!« ruft Liza und klatscht.
»Eine Sondervorstellung für das beste Publikum der Welt, meine Dame!« Vati verbeugt sich, als stünde er auf der Bühne.
»Und ich dachte immer, ich mag kein Theater«, sagt Liza sehr leise. Sie legt, zum ersten Mal nach sehr langer Zeit, ihre Hand in Vatis.
»Das mußt du mir mal näher erklären, wenn wir da sind.«
»Ich weiß nicht, wie.«
Endlich kommen ein paar Hütten in Sicht, und dann, versteckt zwischen den Bergen, ganz an den Hang gelehnt, als müßte sie gestützt werden, steht da die Enzianhütte.
Überall spielen Kinder. Die Buben wie die Mädchen tragen blaue Schürzen. Bald kommt eine Frau mit schwarzen Zöpfen um den Kopf und verscheucht die Kinder. Sie bit-

tet die Gäste, Platz zu nehmen, und zeigt auf die große Terrasse mit den Holztischen und Bänken.
Das muß die Tante von Luis sein, aber Liza ist mit einem Mal zu schüchtern, sie danach zu fragen. Sie ist auch noch ganz bei Vatis Vorstellung von den Hexen. Immer wieder muß er ihr das Gedicht aufsagen.
»Nun, Liza, magst du ein Viertel Wein?« fragt der Vater, als die Frau an den Tisch tritt.
»Wir haben auch Milch.«
»Ich bin die Freundin von Luis«, sagt Liza und wird rot.
»Ach?«
»Aus Brixen«, erläutert Liza überflüssigerweise. »Luis hat mir erzählt, daß er hier Kühe hütet.«
Hin und her fliegen die Fragen. Die Frau ist tatsächlich Tante Rosel und ebenso herzlich wie ihre Schwester, Frau Emmy. Sie bedauert, daß Luis mit dem Vieh draußen ist und frühestens in zwei Stunden wiederkommen wird. Ob die Gäste so lange warten wollen?
Und ob sie wollen! Die Zeit wird ihnen kurz. Erst essen Liza und Vati gebratene Eier, dann eine Riesenportion Spaghetti, jeder zwei Schmalzbrote und schließlich noch Kuchen.
»Mann, kannst du futtern, Vati.«
»Du auch, meine Dame!«
»Das macht das Wandern.«
»Bei mir das Glück«, meint Vati, was Liza überhaupt nicht versteht. Mit elf Jahren ist man eben doch nicht immer so schlau, wie manche Erwachsene annehmen.
Als Luis kommt, wird es noch schöner. Luis ist nicht einer, der auf den Mund gefallen ist. Er macht eine tiefe Verbeugung vor Vati und läßt sich genau erklären, wie die beiden zur Enzianhütte gefunden haben. Dann will er wissen, wo Lizas Vater überall in der Welt gewesen ist, und als es gar

nichts mehr zu erzählen gibt, führt Luis die beiden zu den Ställen. Er stellt jede einzelne Kuh mit Namen vor. Ein Kalb heißt sogar Liza.
»Nach mir?« fragt Liza geschmeichelt.
»Nach wem denn sonst?« brummt Luis.
In einem Stall und auf der Wiese davor hoppeln Hasen.
»Wie Ostern. Wie im Bilderbuch«, gluckst Liza und will einen Hasen fangen.
»Mußt nicht immer alles anfassen«, mahnt Luis und lächelt Vati voller Einverständnis zu. »Die Weiber«, sagt er, »können sich alle nicht einkriegen, wenn sie zum ersten Mal die Hasen hier sehen. Die Wanderer werden ganz närrisch!«
Liza nimmt ihm das nicht übel. Sie nimmt Luis nie etwas übel. Er weiß doch so viel mehr als sie, die ihr ganzes Leben in der Großstadt verbracht hat.
Während Vati auf der Terrasse sitzt und noch ein Viertel von dem roten Wein trinkt, der in der Sonne so schön glänzt, schaut Liza zu, wie Luis melkt. Und dann stellen sie fest, daß die letzte Bahn vom Puflatsch fort ist.
»Mußt den ganzen Weg laufen. Der ist aber nicht weit, nur eine Stunde«, tröstet Luis, »oder hier schlafen«, schlägt er vor.
»Wo?« fragt Liza aufgeregt.
»Da im Heuschober. Tante Rosel hat genug Decken.«
»Ach, Vati, ich hab schon immer im Heu schlafen wollen.«
»Ich auch, Liza.«
Abends sitzen sie zusammen in der Enzianhütte, Tante Rosel, Onkel Franz, Luis, Anna, die Zwillingsbrüder mit den abstehenden Ohren, Liza und ihr Vater. Onkel Franz spielt Gitarre, Vati singt.
»Kannst singen«, bemerkt Onkel Franz anerkennend und schenkt neuen Wein ein.

»Ein bißchen«, gibt Vati bescheiden zu.
Da erzählt Liza von der Vorstellung, die ihr Vater als Hexe gegeben hat, und alle wollen das sehen. Draußen wird ein Feuer angezündet, und in der Dunkelheit klingen die Gedichte noch besser als am Tag. Die Flammen brennen rot, die Schatten tanzen, und die Kinder jubeln. Liza ist unendlich stolz auf ihren Vater. »Er ist nämlich Schauspieler«, erklärt sie.
Später, als sie mit Vati im warmen Heu liegt, das durch die Decken sticht, sagt sie: »So müßte es immer sein.«
»Goethe hat das auch empfunden. ›Werd' ich zum Augenblicke sagen: Verweile doch! du bist so schön!‹«
»Klingt gut«, erklärt Liza großzügig, obgleich sie den Sinn nicht ganz verstanden hat. Aber sie hat das Bedürfnis, ihrem Vater eine Freude zu machen. »Schade, daß ihr geschieden seid, Mutti und du«, überlegt sie nach einer Weile.
»Das sind wir nicht, Liza.«
»Ich dachte…«
»Wie kommst du darauf?«
»Nur so. Meinst du«, fragt Liza und kommt sich kindisch vor, »wir könnten hier mal alle drei zusammen sein? Du, Mutti und ich und hier im Heu schlafen.«
»Ich kann mir die große Maja May nicht im Heuschober vorstellen«, erwidert Vati. Er spürt wohl, daß seine Stimme nicht sehr freundlich klingt, denn er wird sofort wieder sanfter und meint: »Aber wissen kann man es nie. Das Leben bringt viele Überraschungen.«
»Du bist eine Überraschung«, murmelt Liza schläfrig und träumt bald von einer Wiese voller Hasen. Sie sitzt als Hasenkönigin auf einem Thron aus Butterblumen und Sumpfdotterblumen.

7. Kapitel

Niemand kann sich seine Eltern wählen – Jenny ahnt etwas – Liza bereut ihre Voreiligkeit – Ein Maikäfer auf dem Nachttisch – Was ist Vertrauen? – Leider kann Bello nicht sagen, was er denkt

Wenn man glücklich ist, vergehen drei Tage so schnell wie sonst ein paar Stunden. Liza erlebt so etwas zum ersten Mal und auch, wie aus großem Glück dumpfer Schmerz wird. Sie steht mit dem Vater vor dem Schultor, und genau wie bei seiner Ankunft weiß sie nicht, was sie sagen soll.

»Kopf hoch, Liza, ich komm mal wieder.«

»Das sagst du nur so.«

»Warum sollte ich?« fragt der Vater. Er merkt, daß Liza Tränen in den Augen hat, und versucht einen Scherz. »Du warst nicht sehr vorsichtig in der Wahl deiner Eltern, Mädchen.«

»Wer wählt sich denn seine Eltern selbst?« fragt Liza, die gern am Wort klebt, besonders, wenn sie traurig ist.

»Weißt du«, sagt der Vater, und plötzlich ist er viel ernster, »wir Schauspieler sind ein fahrendes Volk geblieben, auch wenn wir nicht mehr wie früher hinter einem Karren durch die Gegend ziehen. Und wenn auch heute niemand mehr seine Wäsche versteckt, wenn wir kommen, wie das früher einmal war. Für uns gibt es nichts Wichtigeres als Theater. Manche von uns spielen ihre Rollen gut, aber als Eltern taugen wir nicht viel.«

»Doch«, widerspricht Liza hitzig, die nur den letzten Satz verstanden hat. Sie umarmt den Vater so fest, als könnte sie zugleich ihn und die Gefühle der letzten drei Tage festhalten. »Komm bald wieder«, flüstert sie, »ich warte auf dich. Und die drei Hexen.«

Dann läuft sie fort. Sie will den Vater nicht abfahren sehen und rennt wie gejagt zu Bello, der unter einem Baum sitzt und überlegt, ob er eine Fliege fangen soll. Bello ist viel klüger als mancher Mensch, wahrscheinlich, weil er nicht dauernd über seine eigenen Probleme nachdenkt. Er wartet geduldig, bis Liza ihm das ganze Fell zerzaust, ihm das linke Ohr naß geweint und das rechte als Taschentuch benutzt hat. Dann erst leckt er mit seiner großen Zunge ihr Gesicht ab. Teils hat er das Bedürfnis, Liza zu trösten, und zum anderen hat er den salzigen Geschmack von Tränen gern. Selbst in einer Schule, die so frei ist wie die Dolomitenschule, kommt Bello oft dazu, sich ein paar Tränen zu gönnen.

Noch nicht getröstet, aber doch ganz ruhig und so, als sei nichts geschehen, geht Liza ins Haus.

»War's schön?« fragt die Direx, als Liza sich zurückmeldet.

Liza sagt ja und kein Wort mehr, doch drei Tage später gesteht sie der Eule: »Ich hätte nie gedacht, daß ich so einen Vater hab. Jetzt wünsche ich mir nichts anderes auf der Welt, als daß er bald wiederkommt.«

Von da ab macht sie ihrem Spitznamen als Liza Langbrief noch mehr Ehre als zuvor. Sie schreibt nicht nur seitenlang an die Mutter, sondern lange Briefe an den Vater. Jeden Mittag klopft ihr Herz wie ein Motor, wenn sie auf das schwarze Brett schaut, um zu sehen, ob der Vater geantwortet hat.

Kein Brief aber kann die brennende Sehnsucht verdrängen, die Liza empfindet, sobald sie an den Abend in der Enzianhütte denkt. Dorthin will sie zurück. Sie will mit Luis reden, abends am Feuer sitzen, zuhören, wenn Onkel Franz Gitarre spielt, und sie will von diesem Tag mit Vati träumen.

Liza überlegt sich die ausgefallensten Ausreden, um von der Schule fortzukommen, macht Pläne und verwirft sie wieder; manchmal denkt sie sich Gespräche aus, die alle damit enden, daß die Direx ihr sagt: »Aber natürlich, Liza, wenn du Lust hast, bringe ich dich selbst zur Enzianhütte.« Rechtzeitig aber stellt sich Liza die kühle Stimme der Direx vor und deren hochgezogene Augenbrauen, wenn einer etwas Törichtes sagt. Dann fühlt sie sich doppelt niedergeschlagen und hat eine Wut auf jeden.
Jenny hat sofort gemerkt, daß Liza sich verändert hat. In Erinnerung an frühere Gespräche ahnt sie, was in Liza vorgeht. »Wenn man in so einer Schule ist wie wir«, sagt sie, »dann kann man nicht alles tun, was einem gerade in den Sinn kommt.«
»Eben«, erwidert Liza patzig, als wäre Jenny an allem schuld, »und deshalb laufe ich eines Tages fort.«
»Ich dachte, dir gefällt's hier.«
»Das war einmal.«
»Denk doch lieber daran, daß wir bald eine ganze Woche lang Arbeiten schreiben müssen.« Jenny hat das nur gesagt, um Liza abzulenken, doch auch damit hat sie kein Glück.
»Klar, ich denk an nichts anderes. Als ich hierherkam, hieß es immer, hier legt man mehr Wert auf Charakter als auf gute Noten. Alles leeres Gerede.«
Es gibt noch etwas anderes, das Liza ärgert. Wenn die anderen das »Katherlieschen« proben, fühlt sie sich als Außenseiterin. Gewiß, sie hat es nicht anders gewollt, aber wann löffelt der Mensch schon gern die Suppe aus, die er sich selbst eingebrockt hat? Die Proben sind ausgesprochen lustig. Die Eule hat eine unendliche Geduld, nicht so wie manche Regisseure, die Liza am Theater erlebt hat.
»Wir haben doch gar keine Souffleuse«, erklärt Liza eines

Tages, als wäre ihr der Gedanke ganz plötzlich gekommen.
»Soll ich nicht die Souffleuse machen?«
Die Eule lächelt so herzlich, daß Liza sich schämt. Von nun an aber ist sie bei allen Proben dabei und muß nicht so tun, als wäre sie zufällig vorbeigekommen. Zufrieden ist sie trotzdem nicht. Vielleicht hätte sie doch das Katherlieschen spielen sollen? Lob hört sie schließlich besonders gern.
»Fabelhaft machst du das, Liza. Eine gute Souffleuse weiß eben immer ganz genau, wann sie eingreifen und wann sie den Mund halten muß. Woher kannst du das eigentlich?«
»Als ob Sie das nicht wüßten«, antwortet Liza und zwinkert der Eule zu. Ihr ist es längst nicht mehr so wichtig wie früher, ob die Mitschülerinnen erfahren, daß Maja May ihre Mutter ist oder nicht. In Lizas Leben sind ganz andere Probleme getreten. Sie hat Sehnsucht nach ihrem Vater. Manchmal stellt sie sein Foto auf den Nachttisch. Es ist das Bild, das ihn als Maikäfer Sumsemann zeigt. Wäre Liza übrigens nicht so sehr mit sich selbst beschäftigt, müßte ihr auffallen, daß niemand eine Bemerkung macht.
In der Dolomitenschule lernt man, nicht in die Privatsphäre anderer Menschen einzudringen. Die Kinder begreifen, daß man Neugierde bezähmen muß und wie weh man anderen Menschen tut, wenn man sie ständig ausfragt. Solche Rücksichten sind wichtig und machen das Leben in der Gemeinschaft erst erträglich. Liza müßte eigentlich glücklich sein. Ist sie denn nicht in die Dolomitenschule gekommen, weil sie es leid war, ständig ausgefragt zu werden?
Solche Überlegungen hat sie längst vergessen. Sie denkt überhaupt nicht sehr viel nach. Auch über den Begriff des Vertrauens macht sie sich keine Gedanken, sonst kämen ihr wohl nicht solche Pläne in den Sinn, die die ganze Schule in Aufregung versetzen werden.

Weshalb verlassen die Lehrer bei Klassenarbeiten immer den Raum? Nicht um eine Cola zu trinken oder ein Buch zu lesen, wie Liza bequemerweise annimmt, sondern um den Mädchen zu zeigen, daß sie ihnen vertrauen.
In der Mathematikstunde bei einer Übungsarbeit kommt Liza auf die Idee, die so gar nicht das in sie gesetzte Vertrauen rechtfertigt. Sie ist schon lange fertig mit den Aufgaben. Was, wenn sie ihr Heft abgeben und so tun würde, als ginge sie zu Bello in den Garten? Niemand würde etwas sagen, und Liza könnte sich davonmachen, ehe einer etwas merkt.
In der Mathematikstunde ist der Plan nur eine unbestimmte Verlockung. Jeden Tag aber wird die Idee, für ein paar Tage zu verschwinden, zur größeren Versuchung. Am folgenden Dienstag soll ein Aufsatz geschrieben werden. Niemand soll sagen, Liza hätte sich drücken wollen. Sie wird erst den Aufsatz schreiben und sich dann davonschleichen. Für einen Aufsatz hat man drei Stunden Zeit. Die Eule gibt Deutsch und pflegt nach einer halben Stunde den Raum zu verlassen. Liza wird noch eine halbe Stunde warten, den Aufsatz fix zu Ende schreiben, natürlich ohne Konzept, und dann …
Ihre Gedanken lassen sich schwer zu Ende denken. Fest steht nur eines: Sie würde viel lieber bei irgendeiner anderen Lehrerin abhauen als bei der Eule. Liza hat die Eule gern; bei ihr hat sie sich damals ausgeweint, als sie nachts schon einmal fortlaufen wollte, und sie weiß auch, daß die Eule sie gern hat. Liza aber hofft, daß die Eule begreifen wird. Liza ist immer schnell bereit, nach bequemen Auswegen Ausschau zu halten. So kommt sie selten dazu, sich Gewissensbisse zu machen.
Zuerst muß sie sich erkundigen, wie man von Brixen zur Seiser Alm kommt. Damals mit Vati im Auto war das

leicht, aber jetzt türmen sich die Schwierigkeiten. Wen fragen, ohne Verdacht zu erregen?
Am Samstag bei Frau Emmy fällt es Liza plötzlich wie Schuppen von den Augen. Daß sie auch nicht daran gedacht hat, Frau Emmy zu fragen. Wie gut, daß Jenny gerade die Hühner füttert! »Wie kommt man eigentlich zur Seiser Alm?« fragt Liza und tut, als interessierte sie die Sache gar nicht besonders.
»Ganz einfach«, hört sie von Frau Emmy, »mit dem Zug nach Bozen und morgens mit dem Bus auf die Alm. Willst du einen Ausflug machen?«
»Ach wo«, lügt Liza, »ich wollt nur wissen, wie Sie den Luis besuchen.«
»Ach, mir ist das zu teuer.«
Liza fällt vor Schreck fast in einen großen Blumenkübel. Daß sie aber auch nicht daran gedacht hat! Sie hat ja nicht genug Geld. Wenn die Mädchen etwas von ihrem Taschengeld haben wollen, müssen sie der Direx sagen, wofür, und die stellt ganz schön verzwickte Fragen, wenn ihr etwas komisch vorkommt. Und einen sechsten Sinn für ausgefallene Dinge hat sie außerdem. Liza könnte natürlich ins Zimmer der Direx gehen, wenn sie gerade nicht da ist, und dort nach der Kasse suchen. Aber stehlen will sie nicht. Sie will ein Abenteuer erleben, nicht zur Diebin werden.
»Wie ist denn der Luis auf die Alm gekommen?« fragt Liza mutlos. Wieder liefert Frau Emmy, ohne es zu ahnen, einen Hinweis. »Diesmal hat ihn der Franz mit dem Wagen abgeholt, weil die zwei Kleinen dabeiwaren. Aber sonst«, sie lacht, »stellt sich der freche Kerl einfach auf die Straße und wartet, bis ein Autofahrer ihn mitnimmt.«
Nachts träumt Liza zweimal hintereinander den gleichen Traum. Sie steigt in ein Auto ein, und ein Mann jagt wie der Teufel mit ihr los. Liza möchte aus dem Wagen sprin-

gen, aber der Autofahrer fährt immer schneller. Schweißgebadet wacht Liza auf. Sie ist ein Kind der Großstadt und entsprechend aufgeklärt. Sie weiß genau, was Menschen Kindern antun können und besonders den Mädchen.
Man müßte, überlegt Liza, zu zweit Autos anhalten. Noch einmal macht sie den Versuch, Jenny in ihre Pläne einzuweihen, aber so schüchtern Jenny auch ist, in diesem Punkt läßt sie nicht mit sich reden.
»Nie und nimmer komme ich mit«, sagt sie wütend, »und daß du es weißt, Liza, ich melde es rechtzeitig. Auch wenn du nie wieder ein Wort mit mir sprichst. Ich bin deine Freundin, und Freundschaft heißt, auf den anderen aufpassen.«
»Depp«, sagt Liza lachend, »brauchst doch nicht gleich loszuheulen. Ich mach doch nur Spaß. Hab doch längst alle dummen Pläne aufgegeben.«
»Bin ich froh.« Jenny lächelt, nun wieder so schüchtern wie immer. Sie drückt Lizas Hand und ahnt zum Glück nichts von deren Überlegungen.
Liza hat sich gerade verärgert überlegt, daß ihr nun nur noch Bello als Schutz bleibt, wenn sie zur großen Reise aufbricht. Ob es viele Autofahrer gibt, die ein Kind mit einem Bernhardiner mitnehmen, und ob Bello sich eigentlich in den Bergen bewährt?
Liza läuft in den Garten. »Freust du dich, Bello? Wir haben viel vor! Wir werden endlich mal was erleben!«
Der Bernhardiner schaut sie mit großen, sanften Augen an. Könnte er sprechen, würde er von seinen Vorfahren erzählen, die Menschen aus dem Schnee gruben und vor dem Lawinentod retteten. Bello aber hat noch niemals auch nur eine Kuh gesehen. Dafür viele Rindviecher. Eins davon heißt Liza.

8. Kapitel

Der Tag der Entscheidung – Die letzte Gelegenheit verstreicht ungenutzt – Liebe macht Bello blind – Ein gewisser Herr Trockenstein, der Kinder und Brausepulver liebt – Die ideale Blume – Bello übergibt sich, und auch Jenny geht es nicht besser – Ein gewaltiges Mißverständnis

Es ist ein brütend heißer Tag. Die Vögel singen nicht, das Gras hat häßliche braune Flecken, und die Rosen sehen aus, als würden sie sich gern im Schwimmbad den Staub von den Blättern waschen. Der Eule tun die Mädchen leid, die da vor ihr sitzen und einen Aufsatz schreiben sollen. Eigentlich, so grübelt die gutherzige Lehrerin, müßten die Kinder schon längst Ferien haben und mit ihren Eltern irgendwo am Strand sitzen und sich den Bauch voll Himbeereis schlagen oder in den Bergen herumklettern. Die Eule respektiert die Entscheidung der Direx, erst im Oktober Ferien zu geben, denn sie sieht ja ein, daß Ferien im Oktober mit den Eltern besser sind als der schönste Sommerurlaub im Internat, aber manchmal haben auch Lehrerinnen ihre Wunschträume.

Die Eule beispielsweise träumt davon, mal mit zwei oder drei Mädchen in den Bergen zu wandern, auf Almhütten zu übernachten und tagsüber mit Kälbern und Bergziegen zu spielen und den schrillen Pfiff eines Murmeltieres zu hören, das seine Genossen vor Feinden warnt. Doch könnte sich die Eule niemals entscheiden, welche Mädchen sie mitnehmen würde.

Die Mädchen ahnen natürlich nichts von den Gedanken, die die Lehrerin gerade bewegen. Sie warten gespannt auf ihr Aufsatzthema. Die wenigsten schreiben gern Aufsätze;

Liza ist da eine Ausnahme. Schon deshalb käme niemand auf die Idee, daß sie ausgerechnet beim Aufsatzschreiben von der Schule ausrücken will.
Die Eule lächelt verlegen – das Thema ist viel zu einfach. Die Direx wird bestimmt ganz schön bissige Kritik üben, aber bei der Hitze bringt es die Eule einfach nicht fertig, die Schülerinnen so zu strapazieren. »Mein schönstes Erlebnis«, sagt sie, und sie ist sich dessen bewußt, daß das Thema gerade noch für Neunjährige geeignet ist. Immerhin wird es keine Tränen geben, wie das schon oft der Fall war, weil einer Schülerin so absolut nichts zum Schreiben einfällt.
Liza grinst. Eigentlich hatte sie ja nur vor, einen unfertigen Aufsatz abzuliefern, ehe sie sich fortstiehlt, sozusagen als Beweis ihres guten Willens. Mit so einem kindischen Thema wird sie spielend fertig werden und eine ganze Arbeit abgeben. Sie wird sich einen guten Abgang verschaffen. In entscheidenden Momenten ihres Lebens fallen Liza eben immer die Ausdrücke vom Theater ein. Wer einen guten Abgang von der Bühne hat, bekommt viel Beifall vom Publikum, und um Beifall ist es Liza allemal zu tun, wenn sie auch glaubt, dies sei nur eine Eigenschaft ihrer Mutter. Sie stellt sich vor, wie die Eule gerührt sagen wird: »Na so etwas, die Liza hat doch tatsächlich noch ihren Aufsatz fertig geschrieben, das gute Kind. Pflichtbewußt bis zum letzten ...«
Liza hat sehr eigenartige und eigenwillige Vorstellungen von Pflichtbewußtsein, und es fällt ihr nie schwer, sich als Heldin zu sehen. Zunächst hat sie vor, in dem Aufsatz von dem Tag zu schreiben, den sie mit ihrem Vater auf der Enzianhütte verbrachte. Ihr fällt aber ein, daß der Aufsatz vermutlich dann gelesen werden wird, wenn alle nach ihr suchen, und vielleicht würde man dann ahnen, wohin es

sie gezogen hat. Nein, nichts über die Seiser Alm. Statt dessen schreibt sie schnell und unkonzentriert eine sehr verworrene Geschichte von einem Theaterbesuch. Sie schildert den Maikäfer Sumsemann in »Peterchens Mondfahrt«, aber sie beschreibt nicht das Wichtigste – ihre Empfindungen, als sie zum ersten Mal ihren Vater auf der Bühne erlebte. Der Aufsatz wird eine Mischung aus dummen Geschichten und versteckten Andeutungen.
Nach einer Stunde ist Liza fertig. Die Eule sitzt schon längst im Lehrerzimmer. Die Mädchen schreiben so konzentriert, daß ein Hüsteln wie ein Donnerschlag klingt. Manche haben hochrote Gesichter, und einige haben Sorgenfalten. Flüchtig denkt Liza an ihre Hamburger Mitschülerinnen. Was hätten die angestellt, wenn sie bei Klassenarbeiten allein im Raum gewesen wären. Da wurde, selbst wenn die Lehrerin anwesend war, jede Gelegenheit ausgenutzt, um mit der Nachbarin zu flüstern und von irgendwoher fremde Gedanken ins eigene Heft zu schmuggeln.
Eigentlich wäre jetzt die Zeit gekommen, noch einmal zu bedenken, wieviel Ärger, Aufregung und Enttäuschung es in der Dolomitenschule geben wird, wenn ein Kind verschwindet. Liza aber läßt die Zeit ungenutzt verstreichen. Sie strafft ihre Schultern und wirft ihren Kopf hoch wie ein scheuendes Pferd. Wenn es darum geht, die Stimme des Gewissens zu vernehmen, ist Liza seit jeher ein wenig taub gewesen.
Schnell, damit sie es sich nicht mehr anders überlegen kann, steht Liza auf, geht ans Lehrerpult, legt ihren Aufsatz hin und verläßt den Raum, ohne sich auch nur nach Jenny umzuschauen. Vom Frühstück hat sie sich zwei Brötchen aufgehoben und zusammen mit dem Geld von der letzten Taschengeldausgabe in den großen Taschen

ihrer Schürze versteckt. Unter der Schürze trägt sie nur T-Shirt und Shorts und dazu die grünen Sandalen, die Vati ihr zum Abschied gekauft hat. Das ist freilich keine sehr geeignete Kleidung für eine Bergtour, und Liza weiß es. Oft genug hat sie ja gehört, wie Luis Witze über die falsch angezogenen Touristen machte. Was aber hätten die Mädchen gesagt, wenn Liza zum Frühstück an so einem heißen Tag mit derben Schuhen, dicken Socken und einem Pulli erschienen wäre? Jenny hätte auf alle Fälle sofort Bescheid gewußt und am Ende doch ihre Drohung wahrgemacht, der Eule alles zu sagen.

Liza ist froh, daß sie eine Schürze anhat und wenigstens auf den ersten Blick wie ein Kind der Gegend aussieht. Ihre Haare sind mächtig lang geworden, seitdem sie in der Dolomitenschule ist, und zum ersten Mal trägt sie Zöpfe. Wenn es um entsprechende Verkleidungen geht, hat Liza eben ihre Erfahrungen.

»Komm, Bello«, sagt sie leise, »wir haben noch viel vor.«

Sie ist äußerst erstaunt, als der Bernhardiner aufsteht.

Wo ist denn sein Hundeinstinkt geblieben? Merkt er denn nicht, daß es hier nicht mit rechten Dingen zugeht? Sonst liebt doch Bello seine Ruhe und ist weder mit Worten noch mit Leckerbissen vom Schatten unter seinem Baum fortzulocken. Liebe macht aber auch Tiere blind, und Bello liebt Liza sehr, obwohl sie es nicht immer verdient. Würde sie ihm denn sonst die Strapazen zumuten, die auf ihn zukommen?

Liza hat sich die Karte genau angesehen. Ein Glück, daß Vati sie ihr zur Erinnerung geschenkt hat, und ein Glück, daß sie gut Karten lesen kann und imstande ist, sich die Route genau auszurechnen! Liza hat zunächst vor, ein Auto anzuhalten und so nach Kastelruth zu gelangen. Dann wird sie den Puflatsch hinaufklettern. Luis hat ihr mal den Weg beschrieben. Er ist steil und steinig, erinnert sich Liza, aber offenbar doch zu bewältigen. Mit dem Sessellift wie beim ersten Mal, als sie mit ihrem Vater zur Enzianhütte wanderte, kann Liza diesmal nichts anfangen. Sie denkt zwar nicht sehr viel nach, aber daß sie Bello nicht auf einen Sessellift setzen kann, das wenigstens ist ihr klar.

Einträchtig trottet Bello mit seiner Begleiterin die Landstraße entlang. Auch faule Hunde lieben gelegentliche Abwechslungen, und für Bello beginnt der Ausflug vielversprechend. In den ersten fünf Minuten findet er am Straßenrand ein Brot mit Wurst. So etwas stimmt jeden gesunden Hund fröhlich.

Die vielbefahrene Straße zwischen Brixen und Bozen ist schnell erreicht. Liza ist voller Hoffnung. Lächelnd steht sie am Straßenrand und winkt den vorbeifahrenden Autos zu. Manchmal scheint es auch, als würde ein Fahrer abbremsen, aber kaum daß er Bello sieht, gibt er Gas. Einmal hält sogar ein Mann an, kurbelt sein Fenster herunter, und Lizas Herz macht einen gewaltigen Freudensprung, aber der Mann lacht nur gräßlich laut und schreit dann: »Dein Reisekumpel ist eine Nummer zu groß ausgefallen, Kleine!« Liza streckt ihm die Zunge heraus. Mit dem wäre sie sowieso nicht mitgefahren!

Sie hat ihre Klasse längst vergessen. Könnte sie allerdings die Mädchen sehen, würde sie sich vielleicht doch ängstigen. Sie schreiben immer noch ihre Aufsätze, als plötzlich ein schriller Schrei alle aufschreckt.

»Hehe«, ruft Angela aufgeregt, »schaut euch Jenny an!«

Jenny liegt mit dem Kopf auf ihrem Heft und rührt sich nicht. Sie wird von der Eule, die eilig geholt worden ist, und der stämmigen Ortrud hinausgetragen und ins Krankenzimmer geschafft. Erst dort erwacht sie aus ihrer kurzen Ohnmacht, fängt sofort bitterlich zu weinen an und schluchzt: »Liza.« Das wundert niemanden. Man glaubt, sie will die Freundin um sich haben.

»Du brauchst jetzt Ruhe, Kind«, sagt die Schwester im Krankenzimmer sanft. »Sobald es dir besser geht, darf dich Liza besuchen.«

Liza ist nicht mehr ganz so optimistisch, was ihre Reisepläne betrifft. Sie hat bereits eine Stunde in der Hitze am Straßenrand gestanden, und das strengt weit mehr an, als sie sich vorgestellt hat. Die beiden Brötchen wurden mit Bello geteilt, der nun – im Gegensatz zu Liza – leidlich satt ist. Wird sich denn niemand finden, der die beiden mitnimmt? Müssen sie umkehren, ehe das Abenteuer überhaupt beginnen kann? Quatsch! Wegen eines flauen Gefühls im Magen, sagt sich Liza, gibt man nicht gleich auf. Sie denkt an Kolumbus, der auf seiner Reise nach Amerika vielleicht auch mal Hunger hatte. Müde setzt sie sich am Straßenrand auf einen Stein. Das ist keine sehr günstige Ausgangsposition, um von Autofahrern beachtet zu werden, aber die Sonne brennt, als wollte sie die ganze Landschaft versengen. Arme und Beine schmerzen, und es tut unendlich wohl, sich von Bello das Gesicht ablecken zu lassen, auch wenn seine Zunge sehr warm ist.

Da geschieht das Unerwartete. Liza hat den Wagen, der groß genug ist, mehrere Kinder und einen Bernhardiner zu transportieren, überhaupt nicht gesehen, bis er unmittelbar vor ihr stand. »Wohin soll die Reise gehen?« fragt ein Mann mit rotem Gesicht.

»Nach Kastelruth«, antwortet Liza und ist mit einem Mal sehr verlegen.

»Dann können wir ja zusammenbleiben. Steig ein.«

Liza glaubt, ihren Ohren nicht zu trauen. Sie betrachtet den Mann mit so verblüfftem Blick, als wäre er vom Mond

gefallen. Alle Warnungen sind vergessen, daß Kinder nicht zu Fremden in den Wagen steigen sollen. In Hamburg hätte das Liza auch nie getan, aber nun, mit Bello an ihrer Seite und dem wolkenlosen Himmel über sich, kennt sie schon nicht mehr das Mißtrauen der Großstadtkinder. Hält nicht Luis auch immer Autos an, um zur Alm zu kommen? Frau Emmy hat es ja selbst erzählt.
»Ich heiße Liza.«
»Sehr erfreut. Ich heiße Carlo Trockenstein«, sagt der Mann, was Liza so komisch findet, daß sie schlagartig das letzte bißchen Angst vor dem Fremden und auch ihre guten Manieren vergißt. Sie kichert ungeniert.
»Das ist Bello Bernhardiner«, sagt sie.
»Und wo ist Micky Maus?« fragt Herr Trockenstein ernst.
»Zu Hause geblieben«, lacht Liza begeistert. An so viel Glück hat sie selbst in ihren kühnsten Träumen nicht geglaubt.
Carlo Trockenstein liebt Kinder, und in einer Beziehung hat er viel Ähnlichkeit mit Liza. Er strapaziert sein Hirn nicht gern und überläßt das Denken lieber den anderen. Sonst würde er nämlich Liza so schnell wie möglich zur nächsten Polizeistation fahren. Auch ohne viel Phantasie zu haben, kann man sich ausmalen, daß es nicht mit rechten Dingen zugeht, wenn ein kleines Mädchen und ein Bernhardiner, der so groß wie ein Kalb ist, am Straßenrand stehen und Autos anhalten. Jeder Erwachsene, den Liza kennt, selbst ihr Vater, der so gar keine Ahnung von Kindern hat, würde nicht tatenlos zusehen, wenn eine Elfjährige allein durch die Welt streunt.
Liza macht es sich im Auto bequem und seufzt selig. Bello hechelt ihr ins Genick. Carlo Trockenstein hat zwei winzige Augen im roten Gesicht und eine sehr kleine Nase. Er lacht so laut, daß Liza beim ersten Mal glaubt, alle Schei-

ben im Wagen müßten zerspringen, und Bello vor Schreck winselt. Nicht nur, daß Herr Trockenstein sein Gehirn ungern zum Nachdenken braucht – er ist auch sonst ein ungewöhnlicher Mann. Er hat eine ausgeprägte Phantasie und schwärmt für Blumen, Vanilleeis, Schiffsschaukeln und Pferde. Nichts auf der Welt haßt er so sehr wie traurige Geschichten und schlechte Nachrichten. Deshalb plant er, eines Tages eine Zeitung herauszugeben, in der nur gute Nachrichten von guten Menschen und deren guten Taten zu lesen sind. Bis es soweit ist, liest er abends im Bett Märchen und lutscht dabei Eiswürfel, die er zuvor in Brausepulver gewälzt hat. Natürlich kommt es einem so außergewöhnlichen Mann wie Carlo Trockenstein auch nicht komisch vor, Liza und Bello kennenzulernen.
Kinder, die mit Hunden unterwegs sind, findet er ganz natürlich. Er würde sich noch nicht einmal wundern, Rotkäppchen und ihren Wolf zu treffen. Als die Bonbons, Bananen und die Lakritze, die Herr Trockenstein in Liza hineingestopft hat, alle aufgegessen sind, bietet er ihr eine Zigarre an. Das erschreckt sie dann doch, aber schon die nächsten Worte, die Herr Trockenstein sagt, klingen so beruhigend, daß sie spürt, von ihm sei nichts zu befürchten. »Ich habe vor, die idealen Blumen zu züchten«, sagt er. Diese Feststellung hat einen Riesenerfolg bei Liza, und von nun an wird das Gespräch noch lustiger. Gemeinsam überlegen sie, wie die ideale Blume aussehen muß, soll sie schöner sein als alle Blumen dieser Welt. Sie muß so vornehm aussehen wie eine Rose und schlank sein wie eine Lilie, allerdings auch so niedlich wie ein Stiefmütterchen, und sie soll so bescheiden sein wie ein Gänseblümchen.
»Und so gut riechen wie Flieder«, ruft Liza.

»Und sich ins Herz graben wie Vergißmeinnicht«, schwärmt Carlo Trockenstein.
»Und selten sein wie Enzian.«
»Begehrt wie eine Orchidee.«
»Nachts muß sie leuchten.«
»Und am Tag sieht man Goldstücke von ihren Zweigen herabhängen.«
»Aber nur für artige Kinder«, schränkt Liza ein, die findet, es sei an der Zeit, auch mal ein Haar in der Suppe zu finden.
»Ach was, es gibt Gold für alle Kinder«, verspricht Carlo.
Er ist wirklich ein einzigartiger Mann. Als Bello plötzlich würgende Geräusche von sich gibt, hält er sofort den Wagen an, geduldig und voller Mitleid, bis der große Hund gebrochen und sich wieder beruhigt hat. Der Frieden ist trügerisch.
Bello ist Autofahren kaum und Kurvenfahren überhaupt nicht gewöhnt, und, als es nach der Abzweigung in Waidbruck immer höher und steiler geht, hat der Hund rasendes Ohrensausen und wimmert herzzerreißend. Jeder Mensch, den Liza kennt, hätte sie schon längst samt Bello aus dem Wagen gewiesen, aber nicht Carlo Trockenstein. Der hält einfach an, als wären ein jaulender Hund und ein verängstigtes Kind vollkommen alltäglich. Dann klettert er mühsam einen steilen Hang herunter, um aus einem winzigen Bach Wasser für Bello zu schöpfen. Sorgsam füllt er das Wasser in den Benzinkanister, und es macht ihm überhaupt nichts aus, das Benzin vorher in den Treibstoffbehälter des Autos zu kippen. Wasser, das nach Benzin riecht und schmeckt, ist allerdings das letzte, das sich der reisekranke Bello wünscht. Immerhin ist er aber höflich genug, sich schwanzwedelnd für die gute Absicht und die große Mühe zu bedanken.

»Ich beneide dich um so einen Hund«, sagt Carlo.
»Er ist mein bester Freund«, erklärt Liza und beweist damit, daß sie nicht nur die Dolomitenschule, sondern auch Jenny so gründlich vergessen hat wie die Grundregeln der Bruchrechnung.
»Was treibst du eigentlich in Kastelruth?« fragt Herr Trockenstein, als der schöne grüne Kirchturm des Ortes sichtbar wird.
»Ich besuche meine kranke Tante«, lügt Liza. Gleich darauf muß sie sich allerdings mächtig zusammennehmen, so groß ist ihr Ärger.
Carlo Trockenstein erklärt nämlich: »Ich muß weiter zur Seiser Alm. Na, da werden wir dich erst mal rauslassen. Auf mich wartet ja die ideale Blume.« Er lacht dröhnend.
Liza würde brennend gern gestehen, daß sie überhaupt keine Tante in Kastelruth hat und daß auch sie gern zur Seiser Alm möchte, aber das ist ihr peinlich. So nimmt sie wehmütig Abschied von Carlo Trockenstein und überlegt dabei erbittert, daß sie sich von den nettesten Leuten immer am schnellsten trennen muß. Irgendwie hat sie der freundliche Herr Trockenstein an ihren Vater erinnert. Natürlich sieht er ganz anders aus, aber er erzählt ebenso schön wie Vati, und er hat Dinge gesagt, die Liza gut gefielen. Mit Carlo Trockenstein hätte Liza sich gern angefreundet. Wann findet man schon mal einen ausgewachsenen Mann, der Verständnis für vorlaute kleine Mädchen und für reisekranke Bernhardiner hat und der Rotkäppchen und Sternthaler persönlich kennt?
»Auf Wiedersehen, Carlo«, sagt Liza und schluckt schwer. Ihr ist es, als müßte sie weinen.
»Wir sehen uns wieder, irgendwann und irgendwo«, verspricht Carlo Trockenstein und salutiert dabei wie ein Soldat.

Liza ist gerade dabei, Überlegungen anzustellen, ob sie von ihrem restlichen Geld noch ein paar Brötchen kaufen soll, als es Bello wieder schlecht wird. Neugierige Augen schauen auf das Mädchen und den würgenden Hund. Hastig führt Liza den zitternden Bello vom Platz fort und durch ein großes Tor. Da steht ein Brunnen, von Blumen umgeben und mit herrlich klarem Wasser, und endlich kann Bello sich seinen ganzen Kummer von der Seele trinken. Er tut es mit großen durstigen Zügen, und nach einer Weile sieht er wieder wie ein Bernhardiner aus und nicht wie ein Riesengebirge von Hundeelend.

Liza ist froh, daß Bello bei ihr ist. Sie denkt an die vielen Filme, die sie gesehen hat und in denen Hunde so erstaunliche Taten vollbringen. Bello ist gewiß ebenso klug wie die Colliehündin Lassie im Fernsehen. Wenn es sein muß, wird Bello Liza auf seinem Rücken den Berg hinaufschaffen. Er ist doch so stark, und spielend wird er den Weg zur Enzianhütte finden.

Liza hätte keinen größeren Fehler machen können, als auf Bello als Lebensretter und Wunderhund zu vertrauen. Das weiß sie freilich noch nicht. Die Turmuhr schlägt drei. Die Straßen von Kastelruth sind fast leer. Nur ein paar kleine Kinder spielen am Brunnen. Ihnen macht die Schwüle an diesem heißesten Tag des Sommers nichts aus. Später wird man sie nach einem Mädchen mit einem Bernhardiner fragen, aber sie werden Mühe haben, sich an Liza zu erinnern.

Liza hatte sich vorgenommen, nach irgendeinem Hof Ausschau zu halten und dort in einer Scheune zu übernachten, um sich frisch und ausgeschlafen auf den Weg zur Enzianhütte zu machen. Mit einem Mal spürt sie aber solche Ungeduld, daß sie beschließt, noch am Nachmittag den Berg hochzuklettern. Sie freut sich so sehr auf das verblüffte Gesicht von Luis, wenn sie in der Abendsonne auftaucht, daß sie nicht länger mit dem Aufstieg warten will. Als wäre nichts geschehen, wird sie am Tisch auf der Terrasse Platz nehmen und sich ein Viertel Wein bestellen.

9. Kapitel

Der erste Zweifel, Durst und Einsamkeit – Bellos blutende Pfote und Lizas verstauchter Fuß – Gewitter in den Bergen – Liza wird ohnmächtig – Aufregung in der Dolomitenschule – Jenny schämt sich – Carlo Trockenstein gerät in einen schlimmen Verdacht

Liza erinnert sich, daß Luis behauptet hat, der Weg von Kastelruth bis zur Enzianhütte sei in zwei Stunden zu schaffen. Sie macht sich natürlich keine Gedanken darüber, daß solche Angaben nur für geübte Wanderer gelten, wie beispielsweise der Vater von Luis einer war. Luis selbst schnauft drei Stunden, ehe er am Ziel ist, und er ist weit kräftiger und vor allem geübter als Liza, die überhaupt keine Ahnung hat, wie sich Menschen in den Bergen zu verhalten haben. Der Weg führt zunächst durch den Wald, wird aber bald steil und steinig und erfordert dann viel Ausdauer, das richtige Schuhwerk und einen festen Tritt. Allerdings macht es überhaupt keine Mühe, ihn zu finden. In Kastelruth hat Liza einen alten Mann gebeten, ihr den Weg zu zeigen. Er tat dies zwar kopfschüttelnd und brummig, beschrieb aber alles so genau, daß sie bald die vielen Schilder findet, die zur Enzianhütte weisen.

Zunächst geht es an Bauernhöfen vorbei. Auf den Feldern stapeln Männer und Frauen das Heu. Vor den Häusern spielen die kleinen Kinder, die noch nicht helfen können. Sie starren Liza neugierig an und zeigen kichernd auf Bello. Liza beneidet die Kinder, und das macht sie mißmutig. Sie hat Hunger und Durst und vor allem noch den ganzen Weg vor sich, und der Gedanke, daß diese fremden Kinder jeden Abend mit Vater und

Mutter zusammen sind, was ihr immer versagt geblieben ist, nagt in ihr.
Bello dagegen ist sehr vergnügt. Von Zeit zu Zeit hält er einen bellenden Hundeschwatz mit den Hofhunden und interessiert sich für die Hühner, ohne daß er sich allerdings herabläßt, sie zu jagen. Bello mit seinem schönen glänzenden Fell, das in der Abendsonne leuchtet, sieht absolut aus wie ein Hund, der Touren gewöhnt ist und jede Schwierigkeit meistert.
Dann tauchen die ersten Kühe auf. Bello kommt nur selten aus dem Internat heraus, er hat noch nie eine Kuh gesehen, Liza niemals eine so große Herde. Sie weiß auch nicht, daß Kühe zu den neugierigsten Tieren überhaupt gehören und sich alles aus der Nähe ansehen wollen. So ist sie starr vor Schreck, als die ersten Kühe der Herde ihr Tempo beschleunigen. Bello weicht jaulend zurück. Mit letzter Kraft schiebt ihn Liza in ein Kornfeld. Kind und Hund liegen flach auf der Erde und sind so verängstigt, daß sie nicht merken, wie die Kühe weiterziehen. Bello sieht aus wie ein großer Pfannkuchen und so komisch, daß sich Liza schließlich doch fängt. »Das hat uns eine halbe Stunde Zeit gekostet«, sagt sie leise.
Bello nickt und schüttelt sich so zufrieden, als wäre nichts geschehen, aber von da ab sind seine Sinne geschärft für drohende Gefahren, und leider wittert er bald überall Gefahren. Längst haben die beiden Kastelruth hinter sich gelassen und gehen durch den Wald. Sobald aber ein Vogel ruft oder ein Zweig auch nur ganz leise knackt, erschrickt Bello. Seine Angst überträgt sich bald auf Liza. Die Heidelbeeren, die so üppig wachsen und ihren Hunger und Durst stillen könnten, machen ihr deswegen auch nur den halben Spaß.
Als sie endlich aus dem Wald tritt, merkt sie sofort, wie

anders die Welt aussieht. Die Sonne ist von Wolken verdeckt, die Luft wirkt schwer, und in der Ferne grollt es. Liza hält das Geräusch zunächst für eine Eisenbahn, doch als sie gerade dabei ist, sich Tante Rosels Speckbrote vorzustellen, sieht sie den ersten Blitz. Der Donner wird immer lauter. Nun gibt es kaum noch Zweifel, daß sie naß in der Enzianhütte ankommen wird. Erstmals überlegt sie auch, daß man sie vielleicht nicht so freudig willkommen heißen wird, wie sie sich das gedacht hat.

Liza steht gern im Mittelpunkt und haßt das Alleinsein. Sie ist in Hamburg schon wütend geworden, wenn sie nur eine halbe Stunde in der Wohnung allein bleiben sollte, während die Mutter Probe hatte. Nun befindet sie sich allein auf einem unbekannten Weg, und alles ängstigt sie – die tief fliegenden Vögel vor allem, die sich vor dem nahenden Gewitter fürchten. Zum ersten Mal in ihrem Leben begreift Liza die Bedeutung des Wortes Einsamkeit, und das macht ihre Kehle trocken und die Beine schwer. Die ganze Welt scheint ihr nur aus Bello, Wald, Steinen und Wolken zu bestehen, die immer dunkler und drohender werden.

Selbstverständlich ist es schöner, mit einem Bernhardiner zu reden als mit niemandem, aber auf die Dauer entmutigt es doch, nie eine Antwort zu erhalten – besonders, wenn man erst elf Jahre alt ist und einen so gewaltigen Durst hat, daß der Hunger vergleichsweise unwichtig erscheint. Auch Bello hat Durst. Seine Augen sind trübe, sein Gang müde, und er hinkt. Er hat sich seine linke Vorderpfote an einem spitzen Stein gestoßen.

»Komm, Bello«, lockt Liza, »bei Tante Rosel gibt es soviel Wasser, wie wir nur trinken können.« Der Gedanke an schönes kaltes Wasser ist ihr mit einem Mal sehr viel wich-

tiger als das erstaunte Gesicht von Luis, auf das sie sich seit Tagen gefreut hat.
Die Steine auf dem Weg werden immer größer; manche sind doppelt so hoch wie ein Ziegelstein, und Liza muß auf Händen und Füßen von einem Stein zum anderen klettern. Das kostet Zeit. Manchmal muß sie auch den Weg doppelt machen, um Bello zu holen und ihn zu schieben. Seine Pfote blutet jetzt kräftig, und als Liza klar wird, daß sie das Tier in ein solches Abenteuer gelockt hat, beginnt sie erschöpft zu weinen.
Sechs Uhr an einem Juliabend in Brixen, das bedeutet Sonnenschein, Fröhlichkeit und Wärme, aber auf dem Berg ist es schon fast dunkel. Die ersten Regentropfen fallen noch sanft, so, als wollten sie Erfrischung bringen, aber bald zucken die Blitze am Himmel, und der Donner scheint die ganze Welt zu erschüttern. Liza hat nur noch einen Gedanken – so schnell wie möglich zur Enzianhütte zu kommen. Sie will Licht sehen und Wärme spüren, und ihr ist es vollkommen gleichgültig, ob sie von Luis ausgelacht wird oder nicht. Hauptsache, Tante Rosel nimmt sie in die Arme.
Als Liza hinfällt, erschrickt sie zunächst überhaupt nicht, denn in den letzten zwei Stunden ist sie so oft gestürzt, daß sie gar nicht auf die Idee kommt, diesmal sei etwas Ernstes passiert. Als sie aber aufstehen will, spürt sie einen stechenden Schmerz. Sie hat das Gefühl, nicht mehr atmen zu können, und dann wird ihr allmählich etwas viel Schlimmeres klar: Sie kann nicht mehr aufstehen.
»Bello«, schreit Liza angstvoll, »mein Fuß! Ich glaub, er ist verstaucht!« Als sie den Hund weder sieht noch hört, brüllt sie so laut, wie sie nur kann, aber sie hört nichts als das Echo und wie kläglich ihre Stimme in der Einsamkeit ist.

Nach einer Zeit, die endlos erscheint, aber nur ein paar Minuten gedauert hat, hinkt Bello schwerfällig auf Liza zu. Er legt seine blutige Pfote auf ihren Schoß, leckt ihr die Tränen aus den Augen und setzt sich mit einem großen Hundeseufzer neben sie.

Bello spürt, daß ein Unglück geschehen ist, aber er ist kein Hund, der Menschen retten kann. Das hat ihm niemand beigebracht, und ohne eine solche Ausbildung ist er ebenso hilflos wie Liza. Ein großes Hundeherz ist eben nicht genug für die Situation, die Liza heraufbeschworen hat.

Sie spürt schon längst nicht mehr, wie naß sie ist, und auch der Schmerz im Fußgelenk ist nicht schlimm, solange sie nicht aufzustehen versucht. Liza hat auch aufgehört, auf die Uhr zu schauen oder gar zu weinen, denn ihre Scham ist weit größer als ihre Angst. Sie hat sich wie ein ungezogenes kleines Kind benommen, das alle Welt herausfordern will, nur weil es sich langweilt. Nun, da Liza hilflos daliegt und grübelt, ob man bereits nach ihr sucht, kommt ihr die Dolomitenschule wie ein Paradies vor.

Jetzt, da alles zu spät ist, wird ihr bewußt, daß sie dort nie ein böses oder ungerechtes Wort gehört und wie oft sie sich über die Lehrer lustig gemacht hat, die immer sanft, höflich und verständnisvoll geblieben sind. Auch an die Nacht, als sie zum ersten Mal fortlaufen wollte und dann erfuhr, daß ihr Vater sich angesagt hatte, muß Liza denken. Die Erinnerung, wie sie damals in den Armen der Eule lag und weinte und so herzlich getröstet wurde, ist so stark, daß sie nun doch wieder zu weinen anfängt. Ihr ganzer Körper wird vom Schluchzen erschüttert, und das macht Bello so unglücklich, daß er jammernd mitheult. Im Wüten eines Gewitters aber gehen Kinderweinen und Hundeangst ganz lautlos unter. Die Blitze am Himmel machen die Nacht zum Tag. Jedesmal, wenn der Donner schallt, hat Liza das Gefühl, die Wolken, die so tief liegen, würden auf sie fallen. Das sind ihre letzten Gedanken, ehe sie erschöpft zusammensinkt.

In der Dolomitenschule hat den ganzen Tag eine Aufregung geherrscht wie noch nie. Durch Jennys Ohnmacht ist Lizas Abwesenheit zu spät entdeckt worden. Erst nach und nach und mit vielen Stockungen hat Jenny die ganze Geschichte erzählt, und so wird es Nachmittag, ehe sie mit der Direx und der Eule zu Frau Emmy fährt, aber auch dort erfahren sie nichts Neues, denn Frau Emmy hat das Gespräch, das Liza auf die törichte Idee gebracht hat, längst vergessen.

Niemand kann sich vorstellen, daß ein Kind und ein Bernhardiner in so relativ kurzer Zeit weit kommen können. Auch die inzwischen informierte Polizei glaubt, Liza müsse noch in der Nähe sein, und so werden die Wälder und Bauernhöfe um Brixen abgesucht. In jedem Haus wird nach Liza und Bello gefragt, aber natürlich kann niemand eine brauchbare Auskunft geben. Die Direx sitzt während der ganzen Zeit am Telefon, als könnte sie es beschwören, und sieht so blaß aus, daß niemand sie anzusprechen wagt.

Liza ist nicht die einzige, die sich in dieser Nacht schämt. Auch Jenny geht es nicht besser, denn sie spürt, wie dumm und feige es von ihr war, sich vor der Verantwortung zu drücken. Vielleicht wäre Liza ihr böse gewesen, wenn sie rechtzeitig deren Fluchtpläne verraten hätte, aber wieviel Aufregung wäre der ganzen Schule erspart geblieben! Wüßte Jenny allerdings, daß Liza hilflos, mit verstauchtem Knöchel daliegt, würde sie sich noch ganz anders schämen und ängstigen.

Bald wird sich noch einer schämen: Carlo Trockenstein. Genau wie Liza hat er ein solches Gefühl noch nie kennengelernt. Wer viel träumt, findet kaum Zeit, sich mit seinem Gewissen zu beschäftigen. Als Carlo Trockenstein gerade dabei ist, in seinem Zimmer auf der Seiser Alm über den Duft der idealen Blume, die er züchten will, nachzudenken, hört er eine Suchmeldung im Radio. Ein Mädchen und ein Bernhardiner sind abhanden gekommen. So schnell ist Trockenstein noch nie aus seinem geblümten Schlafanzug in die Hose gesprungen, und nie zuvor hat er ein Gewitter so wenig bemerkt. Er ist völlig durchnäßt, als er zu seinem Auto gelangt. So schnell er kann, fährt er von der Seiser Alm herunter nach Kastelruth. In den zwanzig Minuten, die er fährt, wird die Suchmeldung zweimal wiederholt. Jedesmal scheint die Stimme des Sprechers schärfer, was natürlich Unsinn ist, aber für Carlo Trockenstein ist es die erste Begegnung mit seinem Gewissen. Da sind Verwechslungen und Irrtümer durchaus möglich.
Es ist kein lustig lachender Carlo Trockenstein, der vor dem Polizeibeamten auf der Wache in Kastelruth steht, sondern ein verlegener Koloß von einem Mann, der von einem Bein aufs andere tritt und sich unendlich geniert, als der Beamte ihn verblüfft anschaut, als wäre er soeben vom Mond gefallen und verlangte ein Wiener Schnitzel mit Himbeermarmelade.
»Sie wollen sagen«, grunzt der Polizist unfreundlich und bemüht sich, Hochdeutsch zu sprechen, »daß Sie ein Kind und einen Bernhardiner ins Auto laden und durch die Welt kutschieren?«
»Ja«, Herr Trockenstein nickt.
»Und dabei haben Sie sich nichts gedacht?«
»Die Kleine wollte zu ihrer kranken Tante nach Kastelruth.«

»Mann«, schreit der Polizist los, »wenn Sie dem Mädchen etwas angetan haben!«
Obwohl Carlo Trockenstein sonst nicht sehr vertraut mit der Wirklichkeit ist, dämmert ihm etwas Furchtbares. Der Polizist hält ihn für einen Kinderverführer und Mörder.
»Ich habe«, sagt er würdevoll, »dem Kind nichts getan, und dem Hund habe ich Wasser geholt.«
»Und Lebkuchen«, sagt der Beamte höhnisch.
Mit einemmal kann Trockenstein ganz logisch denken. Er hat Angst, daß man ihm nicht glauben wird, und er hat noch mehr Angst, daß Liza etwas zustoßen könnte. Er spürt, daß keine Zeit zu verlieren ist. »Hören Sie«, sagt er, und nun klingt seine Stimme fest und entschlossen, »ich kann Ihnen beweisen, daß ich dem Hund Wasser geholt habe. In meinem Benzinkanister ist Wasser. Der Hund wollte es nicht trinken.«
Wortlos folgt der Polizist Herrn Trockenstein. Er beruhigt sich tatsächlich, als er das Wasser im Benzinkanister sieht, obwohl dies überhaupt kein Beweis dafür ist, daß Liza nichts geschehen ist. Zusammen mit Carlo Trockenstein geht der Beamte in die Wachstube zurück, um in der Dolomitenschule anzurufen.
Endlich ist man dort in der Lage, sich aus den vielen Einzelteilen ein Gesamtbild zu machen. Die Eule hat noch einmal mit Jenny gesprochen, und sie spürt nun, daß Liza versucht haben wird, die Seiser Alm zu erreichen. Innerhalb einer halben Stunde sind zwei Rettungsmannschaften unterwegs. Die eine will die Autostraße zur Alm systematisch absuchen, die andere von hinten hinauf zum Puflatsch.
»Wir brauchen Sie noch«, sagt der Polizeibeamte, aber das ist eine ganz überflüssige Feststellung. Carlo Trockenstein hat absolut nicht vor, sich vom Fleck zu rühren. Er

sitzt auf einem harten Holzstuhl, der viel zu klein für ihn ist, und schüttelt den Kopf. Hätte nur ein Mensch für ihn Zeit, so würde er etwas sehr Außergewöhnliches feststellen. Der große Mann, der so gern lacht, ist todunglücklich. Er sieht so unglücklich aus wie Bello, und das ist er auch.

10. Kapitel

Liza erwacht aus ihrer Ohnmacht und hat recht seltsame Gedanken – Eine verblüffende Entdeckung – Der Angstschrei und seine Folgen – Schüsse in der Nacht – Was macht man mit achtzig Kilo Hund – Luis ist wütend und fliegt aus dem Zimmer

Der Tod ist für Liza noch kein Begriff. Für sie sind die Menschen immer nur auf der Bühne gestorben, meistens am Schluß des Stücks und dann sehr eindrucksvoll, so daß es immer stiller im Zuschauerraum wurde. Wenn ihre Mutter eine neue Rolle bekam, stellte Liza stets als erstes die Frage: »Wann stirbst du?« Das war enorm wichtig. Starb Mutti nämlich schon vor der Pause, war sie bereits um halb zehn zu Hause und Liza noch wach, um sie zu begrüßen. Sehr oft kam das allerdings nicht vor, weil Maja May meistens wichtige Rollen spielte, und die Heldinnen eines Stücks verschwinden nur äußerst selten frühzeitig von der Bühne. Als Liza noch klein war, gab es jedesmal ein Riesengelächter, wenn sie vor Gästen die Frage nach Muttis Bühnentod stellte.
Selbstverständlich weiß Liza, daß man nicht nur auf der Bühne und zum Schein stirbt, aber sie hat sich niemals ernsthafte Gedanken darüber gemacht, daß der Tod nicht nur die Helden auf der Bühne erwischt. Vielleicht würde sie es noch nicht einmal jetzt tun, da sie hilflos, mit schmerzendem Fuß und dumpfem Kopf auf den Steinen liegt, müßte sie nicht dauernd an den Vater von Luis denken. Luis hat so oft erzählt, daß das Unglück damals an einer Stelle geschah, die selbst Touristen in Halbschuhen nicht hätte gefährlich werden können. Damals hat Liza diesem Teil des Berichts nicht viel Aufmerksamkeit gewid-

met, aber jetzt bekommen die Dinge eine ganz andere Bedeutung für sie.

Sie ist schon mindestens eine Viertelstunde wach, nachdem sie in einen tiefen Schlaf voller quälender Träume gefallen war; sie würde gern wissen, wie spät es ist. Irgendwie wäre sie froh, wenn es noch nicht Mitternacht wäre, aber ihre Uhr steht schon seit langem. Das Gewitter hat sich verzogen, die kalte Nacht ist fast dunkel, denn die schmale Sichel des blassen Mondes spendet überhaupt kein Licht. Liza kann noch nicht einmal Bello sehen, der seinen Kopf in ihren Schoß gelegt hat, aber sie fühlt ihn und schöpft Trost aus seinem warmen Körper. Sein Fell ist schon fast trocken, im Gegensatz zu ihrem T-Shirt, das wie ein nasser Lappen um sie klebt.

»Bello, was machen wir?« jammert Liza. »Geh, Bello, lauf!« lockt sie, aber Bello macht nur eine müde Bewegung. Sie soll andeuten, daß man einem verletzten Bernhardiner nicht zumuten kann, in stockdunkler Nacht über die Steine zu klettern, die er bereits bei Tageslicht nicht bewältigen konnte.

In ihrer Not wandern Lizas Gedanken nach Hause. Ob Mutti wohl traurig sein wird, wenn sie alles erfährt? Ob sie sich Vorwürfe machen wird? Der Gedanke an ihre Mutter, die zu Hause im schwarzen Kleid sitzt und sich mit Selbstvorwürfen quält und rotgeweinte Augen hat, gefällt Liza ungemein. Sie sieht ihre Mutter am Grab der Tochter stehen. Mutti trägt das Kleid, das sie damals als Maria Stuart anhatte, und hält ihren Kopf genauso wie in der Szene, als sie aufs Schafott sollte, vor Gram gebeugt, aber doch stolz. Vielleicht, grübelt Liza, kommt das Bild von der Beerdigung in die Zeitung. Mutti hat so was ja gern.

Liza ist gerade bei dem Bild angelangt, wie die Fernsehleute ihre Kameras vor dem Grab aufbauen, als sie eine so verblüffende Entdeckung macht, daß sie alle ihre Angst vergißt. Sie ist doch schließlich kein bißchen anders als Mutti. Will sie nicht auch immer im Mittelpunkt stehen? Selbst jetzt, da sie nicht weiß, ob man sie finden und retten wird, malt sie sich ihre Beerdigung aus und freut sich, daß ihre Mutter sich Vorwürfe machen wird. Hat sie nicht Bello, der so gar nichts ahnte, auf einen Weg mitgeschleppt, den er nicht gehen konnte? Es ist das erste Mal in ihrem Leben, daß sie nicht zuerst an sich, sondern an einen anderen denkt, und dieses neue Gefühl macht Liza betroffen.

Wieder fängt sie an zu schreien, so laut wie noch nie. Bello heult mit, allerdings mehr zur Gesellschaft als aus Angst, denn er hat sich an die dunkle Nacht gewöhnt, und er spürt die Gefahr nicht mehr, in der er sich befindet. Vor allem quält ihn nicht das Gefühl, das Liza so beherrscht, nämlich nie mehr gefunden zu werden. Aber Bello ist ein Hund, der gern auf die Menschen eingeht, und wenn Liza das Bedürfnis zum Schreien hat, ist er durchaus zum Mitheulen bereit.

Das Schreien von Kind und Hund ist der erste Ton seit Stunden, den die Rettungsmannschaft vernimmt. Zuerst wollen es die Männer, die da den Berg absuchen, nicht glauben. Sie verharren reglos, und dann dringen wieder Lizas Schreie durch die Dunkelheit. Beim dritten Mal sind die Männer ganz sicher, daß sie das Mädchen bald finden werden.

Liza ahnt nicht, wie nahe sie bereits an der Enzianhütte war, als sie sich den Fuß verstaucht hat. Höchstens noch vierzig Minuten hätte sie laufen müssen, und der letzte Teil des Weges ist viel leichter zu bewältigen als das Anfangsstück. In dieser Stunde, da die Verzweiflung am größten ist und Liza zum ersten Mal den Mut so ganz verliert,

ahnt sie auch nicht, wie nahe die Rettung schon ist. Sie liegt da und hält die Augen offen, und in kurzen Abständen schreit sie so laut, daß ihr Hals schmerzt. Es tut ihr gut, das Echo ihrer Rufe zu hören. Irgendwie fühlt sie sich dann nicht so allein auf der Welt. Einmal glaubt sie sogar aus der Ferne eine Stimme zu vernehmen, doch dann ereignet sich nichts, und plötzlich wird ihre Angst noch größer. Sie hat einmal gelesen, Menschen in großer Gefahr würden Sinnestäuschungen unterliegen. Ob sie schon soweit ist?
Noch einmal versucht sie zu schreien und ist zufrieden, daß sie es noch kann. Selbst Bello, der die Schreie inzwischen gewöhnt ist, erschrickt. Er jault kläglich. Ein Bernhardiner schätzt nun mal seine Nachtruhe, und zwar auch dann, wenn das Lager nicht so bequem wie sonst ist. Es macht ihn unruhig, pausenlos gestört zu werden.
Plötzlich kommen flammende Lichter immer näher. Wären Lizas Nerven nicht so überreizt und ihre Angst nicht so groß, würde sie erkennen, daß es die Männer der Suchmannschaft mit brennenden Fackeln in der Hand sind.
Bello bellt erregt. Liza versucht aufzustehen, aber der verstauchte Fuß schmerzt, als durchbohrten ihn spitze Pfeile.
»Ruhig, Mädchen«, hört sie eine Stimme sagen, »wir kommen dich doch nach Hause holen.«
Liza wird ganz still, aber sie hat noch immer Angst und schließt die Augen. Sie weiß nicht, weshalb, aber sie hat nur einen einzigen Wunsch, nämlich ohnmächtig zu werden, nichts mehr hören und sehen und vor allem nichts sagen müssen.
Irgend etwas Kaltes wird zwischen Lizas Lippen gesteckt. Noch einmal greift die Angst nach ihr, doch dann begreift

sie, daß einer der Männer ihr eine Flasche an den Mund hält. Liza schluckt die Flüssigkeit, die zuerst in ihrer Kehle brennt und schließlich im ganzen Körper. Eine wunderbare Wärme durchströmt die kalten nassen Glieder. Es ist ein einmaliges, ein herrliches Gefühl. Liza streckt ihre Hand nach der Flasche aus.
»Schnapsmamsell«, sagt ein Mann, und die übrigen lachen. Der Bann ist gebrochen.
Es sind sechs Männer. Liza wagt nicht, sie anzusehen, aber sie zählt ihre Beine. Zwölf Füße in schweren Stiefeln. Das erinnert sie, daß sie nur Sandalen anhat, und sie schämt sich schrecklich. Das Licht der Fackeln taucht die Steine in rötliches Licht, und das wirkt äußerst beruhigend, aber dann macht einer der Männer etwas, das Liza abermals maßlos erschreckt. Er schießt in die Luft. Zwei grüne Kugeln steigen hoch. Das ist das Zeichen für die Leute in der Enzianhütte, daß Liza gefunden ist, aber das weiß sie natürlich nicht. Auch ahnt sie nicht, daß schon einige Minuten später abermals von der Enzianhütte hochgeschossen wird, damit die Polizei in Kastelruth Bescheid weiß und in der Dolomitenschule anrufen kann.
Die grünen Kugeln sehen genauso aus wie Feuerwerk zu Silvester. An einem normalen Tag würden sie Liza selbstverständlich nicht ängstigen, aber sie ist zu lange allein und in Not gewesen, um klar denken zu können. Nun glaubt sie mit einemmal, die Männer seien nur gekommen, um ihr etwas anzutun. Angstvoll schreit sie: »Nicht schießen, ich tu es ja nie wieder!«
»Wir haben dich nicht drei Stunden gesucht, um dich zu erschießen«, sagt einer der Männer rauh. Ursprünglich hatte er vor, Liza zu sagen, was er von ihr hält. Auch Erwachsene können sich nicht gut beherrschen, wenn sie sich lange Zeit geängstigt haben. Dieser Mann, der nun gern

seinem Herzen Luft machen würde, hat sich in den letzten drei Stunden gewaltig geängstigt. Er hat selbst vier Kinder zu Hause, und er weiß, was die Berge den Kindern antun können, die alle Mahnungen in den Wind schlagen und allein losziehen. Während nach dem verschwundenen Mädchen gesucht wurde, sah der Mann immer wieder das Bild von einem Kind vor sich, für das jede Hilfe zu spät kommt. Als man Liza aber fand, nahm er sich vor, ihr eine Strafpredigt zu halten, die sie sich ihr Lebtag merken würde. Es kommt aber alles anders.

Ein Vater von vier Kindern ist zwar das Schimpfen gewöhnt und nicht zimperlich in seiner Ausdrucksweise, aber er weiß auch, wann ein Kind etwas ganz anderes als Strenge nötig hat. Dann nämlich, wenn es in Not geraten ist und Dinge erlebt hat, die es nie wieder vergessen wird, braucht ein Kind Trost.

»Jetzt«, sagt der Mann, »ist alles wieder gut.« Er setzt sich neben Liza und nimmt ihren kalten, geschwollenen Fuß in die Hand. Dann streichelt er Bello, der mit dem Schwanz wedelt und im Fackelschein so glücklich aussieht, wie ein aus Bergnot geretteter Bernhardiner nur aussehen kann.

»Bist ein guter Kamerad gewesen«, sagt der Mann, »ohne dich hätte es unsere Freundin hier nicht gepackt.« Daß er sich nicht über Bello lustig macht, sondern so viel Zärtlichkeit in seine Stimme legt, gibt Liza Vertrauen. Sie schmiegt sich an den Mann, der sich nun über sie beugt, will ihm zulächeln und alles erzählen. Aus ihrer Kehle aber kommt kein Wort, sondern nur ein tiefes, trockenes Schluchzen. Ehe sie Zeit hat, sich darüber zu wundern, daß sie wieder weinen muß, obwohl alle Gefahr vorbei ist, wird ihr ein Becher warmer Kakao gereicht. Die Wärme und daß der fremde Mann ihre Schultern ganz fest hält,

lassen Liza endlich ihre Stimme wiederfinden. »Bello hat so schrecklichen Durst«, flüstert sie.
»Nicht mehr. Hat schon ins Schnapsglas geschaut. Er schwärmt für Kognak.«
»Seine Pfote ist verletzt.«
»Und deine?«
»Meine auch«, sagt Liza und schämt sich erneut. Wird sie denn dieses Gefühl, sich so entsetzlich dumm benommen zu haben, nie mehr verlassen?
»Wir werden dich jetzt auf die Trage legen«, sagt der Mann, der nun neben ihr sitzt und ihren Kopf hält.
»Und Bello?« fragt Liza ängstlich.
»Der kann laufen.«
Bei dem Gedanken, daß Bello mit seiner schmerzenden Pfote noch einmal über die Steine laufen soll, wird es Liza so übel, daß sie sich übergeben muß. »Tragt Bello!« bittet sie weinend. Sie regt sich so auf, daß sich die Männer ratlos ansehen. Natürlich könnte Bello laufen, wenn auch nicht gut, aber die Rettungsmannschaft begreift, daß Liza am Ende ihrer Kräfte ist und schnell zur Ruhe kommen muß.
»Schon gut, dein Bello wird getragen«, verspricht der Mann, der zu Hause vier Kinder hat. Er überlegt, wie komisch es doch mit Kindern ist. Manchmal sind sie kleine Teufel, und dann haben sie plötzlich ein riesengroßes Herz, und das darf man nicht verletzen.
»Achtzig Kilo Hund«, murmelt der Jüngste der Männer. Er hat noch keine Kinder und sieht die Dinge gern von der praktischen Seite.
Zuerst wird Bello auf die Trage gelegt; selbst in der Dunkelheit läßt sich feststellen, daß es in diesem Moment keinen glücklicheren Hund auf der Welt gibt. Danach wird Liza behutsam neben ihn gebettet. Sie greift nach Bellos

Ohr und mißbraucht es mal wieder als Taschentuch. Die Männer lachen. Merkwürdig, daß so ein Echo ganz anders klingt, wenn einer gelacht hat ... Liza hat bisher immer nur das Echo ihrer Schreie gehört.

Kind und Hund werden in warme Decken eingepackt, was in Bellos Fall recht überflüssig ist, denn er ist so warm, als hätte man ihn frisch getoastet. Das kommt nicht zuletzt vom Kognak, den man ihm eingeflößt hat, und von der Zufriedenheit, daß nun die Welt wieder in Ordnung ist. Liza aber braucht die Decken. Ihre Zähne klappern aufeinander, und manchmal durchdringt das Zittern den ganzen Körper. Noch ehe sich die Männer mit ihrer seltsamen Fracht auf den Weg gemacht haben, ist sie eingeschlafen. Bello aber starrt mit offenem Mund zum Himmel und hofft mit seiner ganzen Hundeseele auf einen zweiten Schluck von dem wunderbar wärmenden Schnaps.

Es ist ein Uhr morgens, als die sechs Männer mit der Trage in der Enzianhütte ankommen. Liza wird wach, und sofort greift dieses niederdrückende Gefühl nach ihr. Wie anders hat sie sich ihre Ankunft in der Enzianhütte ausgemalt. Sie hatte sich so auf die erstaunten Ausrufe von Luis gefreut, und später, als alles schon begann schiefzugehen, hat sie wenigstens noch mit den Speckbroten gerechnet. Jetzt aber schlagen ihre Zähne aufeinander, als wäre sie eine ganz alte Frau mit einem schlecht sitzenden Gebiß, und sie hat nur einen Wunsch – sie will mit niemand reden müssen und vor allem schon gar nicht mit jemandem, den sie kennt.

Dann fühlt sie sich von der Trage gehoben, und irgendwie sitzt sie plötzlich auf Tante Rosels Schoß. Die nassen Kleider werden ihr vom Körper gezogen, und sie wird in frische Decken gehüllt. Tante Rosel redet mit zärtlichen, unverständlichen Worten auf Liza ein, und die Sprachfetzen klingen fast so schön wie die Gedichte, die Vati bei den Hexenbänken aufgesagt hat. Liza seufzt erleichtert. Ihr ist, als wäre sie nach langen Stunden aus einem dunklen Loch gerettet worden.

»Dumme Gans!« sagt auf einmal Luis, und seine Augen sind voller Verachtung. Das weiche Gefühl der Geborgenheit verläßt Liza. Sie wendet sich ab, und wieder lernt sie ein ihr bis dahin fremdes Gefühl kennen. Es ist die Hilflosigkeit, die man spürt, wenn man sich selbst ins Unrecht gesetzt hat.

»Mach, daß du rauskommst!« schreit Tante Rosel und gibt dem Jungen einen kräftigen Stoß. »Siehst du denn nicht, daß sie am Ende ist?«

»Sie hat's ja so gewollt«, sagt Luis ungerührt. Er muß an seinen Vater denken, der in den Bergen umgekommen ist, obwohl er nie unvorsichtig war. »Manche Leute«, sagt er, »haben alles Glück dieser Welt und keinen Verstand.«

In diesem Moment ist Luis überzeugt, daß er nie mehr ein Wort mit Liza sprechen wird. Er würde ihr das gern sagen, aber sie ist eingeschlafen, wie ein Paket verpackt und mit einem bedrückenden Gedanken. Sie ist zwar davongekommen, aber sie hat noch einen schweren Weg vor sich.

11. Kapitel

Das Erwachen – Sehnsucht nach einem verrückten Hasen – Kleiner Irrtum und große Enttäuschung – Prinzessin Liza auf dem Apfelschimmel ist leider nur ein Aschenputtel in grauen Socken – Bello freut sich – Die erstaunliche Direx – Eine schlimme Nachricht

Beim Aufwachen weiß Liza zunächst überhaupt nicht, wo sie ist. Jeder Gegenstand um sie herum erscheint ihr fremd. Die hellen Holzwände mit den dunklen Flecken verwirren sie, und sie kann sich nicht erinnern, wie sie in das winzige Zimmer gekommen ist. Erst als sie das Gebirge von Wolldecken wegstößt und aus dem engen Bett zu springen versucht, wobei ihr der Fuß so weh tut, daß sie aufschreit, fallen ihr die Geschehnisse der letzten beiden Tage ein. Früher hat sie oft davon geträumt, eine Tarnkappe zu tragen und sich im passenden Moment unsichtbar zu machen, wie das in Märchen und Sagen vorkommt. Eine solche Tarnkappe wünscht sie sich auch jetzt.

Vorerst ist sie allerdings in gewissem Sinne unsichtbar, denn von überall her hört man zwar Stimmen, aber niemand kommt, um nach Liza zu sehen. Offensichtlich arbeitet Tante Rosel in der Küche. Es klingt jedenfalls, als schlage sie Eier in die Pfanne. Von draußen ruft Onkel Franz. Er scheint mit einer Kuh zu reden. Von weit her erklingt das Weinen eines Kindes. Liza ist gekränkt, weil sich niemand um sie kümmert. Bisher war sie zwar oft allein, aber in entscheidenden Momenten war wenigstens Möpschen da, um sie zu verwöhnen. Nun, da sie so furchtbare Dinge erlebt hat und in Lebensgefahr war, ist Liza der Meinung, alle müßten sich um ihr Bett scharen.

Das Bild von Menschen am Bett eines kranken Kindes

läßt Liza an ihre Mutter denken. Sieht man nicht in den Kinderbüchern oft besorgte Mütter am Krankenbett der Kinder sitzen? Sie streichen ihnen über die Stirn und sehen gut, schön und so geduldig aus, daß die Kinder schon bei ihrem Anblick gesund werden. Liza hätte jetzt wahrhaftig ihre Mutter gern um sich. Andererseits weiß sie noch nicht einmal, ob sie krank oder gesund ist. Zwar ist sie nicht besonders gern krank, aber auf der anderen Seite stellt sie sich vor, daß krank zu sein und entsprechend bemitleidet zu werden ihr über die nächsten Tage hinweghelfen würde.
»Ausgeschlafen?« Die Stimme von Tante Rosel scheint von weit her zu kommen, doch dann sieht Liza, daß sie neben ihr steht. Offenbar ist sie noch einmal eingeschlafen. Wie lange bloß?
»Wie spät ist es?« fragt Liza verwirrt.
»Montag«, erwidert Tante Rosel.
Die Unterhaltung scheint Liza reichlich komisch. Sie kennt nur einen Menschen auf der Welt, der auf die Frage nach der Uhrzeit den Wochentag angibt. Genau besehen, ist das allerdings kein Mensch, sondern der verrückte Märzhase aus »Alice im Wunderland«. Liza blickt verstohlen um sich und versucht, alles genau zu beobachten. Eins ist sonnenklar: Tante Rosel sieht absolut nicht wie der verrückte Märzhase aus und auch nicht, als hätte sie je von Alice im Wunderland gehört. Sie hat ihr Haar in festen Zöpfen um den Kopf gewickelt, trägt eine geblümte Schürze, die das Kleid vollkommen bedeckt, und in der Hand hält sie einen großen Becher, aus dem Dampf hochsteigt. Ein verrückter Märzhase wäre Liza im Moment allerdings entscheidend lieber als die resolut aussehende Tante Rosel.
»Du hast den ganzen Sonntag verschlafen.«

»Den ganzen Sonntag«, staunt Liza und setzt sich kerzengerade im Bett auf.
»Ja.«
»Und was wird nun?«
»Erst wird etwas gegessen.«
»Dann werden wir wohl auch die Dolomitenschule benachrichtigen müssen, daß ich hier bin«, sagt Liza, wobei sie sich sehr klug und umsichtig vorkommt.
»Du Schaf, glaubst du, die wissen nicht schon längst, daß du hier bist?«
Es dauert eine gewisse Zeit, ehe Liza begreift, was das bedeutet. Wenn die Direx weiß, daß sie in der Enzianhütte ist und sie den ganzen Sonntag dort gelassen hat, dann darf sie bestimmt bleiben, bis der Fuß geheilt ist. Liza nimmt sich vor, dafür zu sorgen, daß der Fuß nicht allzu rasch gesund wird. Sie wackelt aufgeregt unter der Decke mit dem großen Zeh des rechten Fußes. Wenn es um den bequemsten Weg geht, um unangenehmen Dingen auszuweichen, ist Liza nie um einen Einfall verlegen.
Später, so grübelt sie begeistert, wenn der Fuß wieder gesund ist, wird man bestimmt total vergessen haben, wie dumm sie war.
»Wenn du gegessen hast«, sagt Tante Rosel, »dann helf ich dir beim Anziehen. Onkel Franz holt dich bald ab.«
»Wohin?« fragt Liza. Eine dumpfe Ahnung überfällt sie.
»Ja, glaubst du, die lassen dich zur Belohnung hier?« sagt Tante Rosel lachend. »Du wirst unten an der Alm mit dem Auto abgeholt. Mein Mann bringt dich den Puflatsch runter.«
»Und Bello?«
»Der ist schon unterwegs mit Luis.«
»Konnte er laufen?« fragt Liza leise.

»Schlecht. Das dauert noch, bis seine Pfote heilt. Das arme Tier.«
Die Art, wie Rosel »das arme Tier« sagt, bedrückt Liza. Sie hätte gern beim Aufwachen Bello neben sich gefunden. Mit einem Hund kann man sich so ganz anders unterhalten als mit einem Menschen. Ein Hund unterbricht einen nicht ständig, stellt keine unbequemen Fragen und bringt einen nicht dauernd dazu, sich zu verteidigen. Einem Hund ist es vollkommen gleichgültig, ob der Mensch ein gutes oder ein schlechtes Gewissen hat. Er ist ein Freund. Und er redet vor allem nicht ständig von Verantwortungsbewußtsein.
Daß sie ausgerechnet im Zusammenhang mit Bello an Gewissen und Verantwortung denkt, stimmt Liza nicht heiter. Wortlos schaut sie zu, wie Tante Rosel ihr dicke Wollsachen anzieht und zum Schluß dicke, graue Strümpfe, die ihr fast bis zum Knie reichen.
»Was soll das?« protestiert Liza. »Da kann ich doch meine Schuhe nicht anziehen.«
»Deinen Schuh mußten wir aufschneiden, als dich die Männer brachten. Dein Fuß war zu geschwollen.«
Die Schuhe waren für Liza Erinnerung an den herrlichen Tag mit Vati. Was hatten sie doch beide einen Spaß im Schuhgeschäft, und wie haben sie die Verkäuferin geneckt! Liza hatte einen blauen und einen roten Schuh an, und Vati sagte immerzu mit todernster Stimme: »Die gelben Schuhe stehen doch meinem Töchterchen so gut.« Die Verkäuferin sah so herrlich dämlich aus. Liza wäre vor Lachen fast erstickt. Dann wurden die grünen Sandalen gekauft, und bis zuletzt hatte Vati behauptet, es wären rote Stiefel. Merkwürdig, die Begebenheit war Liza entfallen, aber mit einemmal erscheinen ihr die grünen Sandalen, die sie nun nie mehr tragen wird, unendlich wichtig.

»Ich möchte sie mitnehmen«, flüstert sie.
»Natürlich«, sagt Tante Rosel. Sie sieht verständnisvoll aus, obwohl sie ja keine Ahnung von dem hat, was in Liza vorgeht.
Liza stellt nun keine Fragen mehr. Ihr fällt ein, wie sie von Luis beschimpft worden ist. Ihr ist es vollkommen gleichgültig, ob sie ihn sieht oder nicht. Sie wird ohnehin nie mehr mit ihm reden. Onkel Franz kommt herein, tritt ans Bett und hebt Liza hoch, als hätte sie überhaupt kein Gewicht. Er trägt sie nach draußen, ohne daß sie überhaupt nur Zeit hat, sich von Tante Rosel zu verabschieden, und setzt sie wortlos auf ein Pferd. »Ein Glück«, sagt er, »daß um die Enzianhütte herum Wiesen sind, sonst könnten wir nicht reiten.«
Sie wäre nicht elf Jahre alt, wenn sie nicht sofort alles vergessen würde, was sie bedrückt, auch wenn sie nicht Meisterin im Vergessenkönnen wäre. Sie sitzt auf einem Pferd, und das hat sie sich schon lange gewünscht. Es ist ein Apfelschimmel mit einem wunderbar glänzenden Fell. Als Liza nach der Mähne greift, fühlt sie, wie sich die Wärme des Pferdekörpers auf sie überträgt.
Es ist einer jener herrlichen Sommertage, wie es sie nur in den Bergen gibt. Der Himmel ist so blau, daß es schmerzt, ihn lange anzuschauen, und die Berge sind so nah, daß man die Zacken der Spitzen zählen kann. Der höchste Berg heißt Schlern und sieht aus wie ein Tisch.
Die Kühe, die Liza und Bello so ängstigten, sehen jetzt unendlich friedlich aus. Mit ihren großen neugierigen Augen starren sie dem Pferd und seinen Reitern nach. Zu ihren Füßen wachsen Sumpfdotterblumen, und es sieht aus, als würden die Hufe in einem gelben Teppich versinken. Hasen hoppeln erschrocken davon, wenn das Pferd kommt, und Vögel halten mitten im Flug inne. Sie lassen

sich auf Sträuchern nieder, die aus dem Nichts aufzutauchen scheinen, zwitschern erregt und wippen mit ihren langen weißen Schwanzfedern.
Liza hat zuvor nicht gewußt, daß Enzian so blau ist und daß es auch sternförmige Enzianblumen gibt. Sie sind viel kleiner als die, die man immer auf Postkarten abgebildet findet. Wie Liza so vor Onkel Franz sitzt, über ihr der Himmel, vor ihr der Kopf des Schimmels und unter ihr der Blumenteppich, kommt sie sich wie eine Prinzessin vor, die vom Königssohn ins Schloß heimgeholt wird. Es stört sie überhaupt nicht, daß Franz mit seiner grünen Lodenjacke und den hohen Gummistiefeln nicht gerade wie ein Prinz aussieht, der ein schönes Mädchen entführt hat, um es in seinem Schloß auf Samt und Seide zu betten.
»Die Hexenbänke«, sagt Franz und deutet auf die großen Steine. Da platzt auch dieser Traum wie eine Seifenblase.
Damals mit Vati war der Tag von Anfang bis Ende schön. An den Hexenbänken hat er zum ersten Mal das Gedicht von den drei Hexen aufgesagt. Überall war Lachen und Glück. Jetzt aber ist es Liza, als lachten sie die Hexenbänke aus, nicht an. Aus der schönen blonden Prinzessin auf dem Weg ins Märchenreich ist ein Aschenputtel geworden, das graue Strümpfe trägt und sich vor Lehrerinnen fürchtet.
Nach einer Stunde hält Onkel Franz das Pferd an. Vor ihm liegt ein großer Parkplatz, und aus den Autos klettern überall Menschen heraus. Meistens handelt es sich um Familien mit Kindern. Mütter ziehen und zerren an ihren Kindern herum, prüfen, ob Stiefel richtig zugebunden sind und Anoraks gut sitzen. Wäre jetzt Bello zur Stelle, würde ihm Liza etwas anvertrauen. Sie beneidet die Kinder, die mit ihren Eltern in die Ferien fahren dürfen. Sie würde

sich nur allzu gern hin und her zerren lassen, bis der Anorak richtig säße, und niemals würde sie so mürrisch ausschauen wie manche von den Kindern. Liza aber kann sich nicht erinnern, jemals mit ihrer Mutter auf Reisen gegangen zu sein. Maja May weiß wahrscheinlich gar nicht, daß man mit Kindern Urlaub machen kann.
»Wo bleibt denn deine Lehrerin?« fragt Onkel Franz.
Seine Worte bringen Liza wieder in die Wirklichkeit zurück. Wer wird sie abholen? Die Direx oder die Eule? Wenn es bloß die Eule wäre ... Die wird so froh sein, Liza wiederzusehen, daß sie bestimmt nicht viel sagen wird. Vielleicht wird sie sogar weinen. Die Direx aber läßt sich nicht so leicht um den Finger wickeln. Liza kommt es vor, als hätte sie selbst in der furchtbaren Nacht allein auf dem Berg nicht solche Angst gehabt wie jetzt vor der Direx. Sie kann an gar nichts anderes mehr denken. So merkt sie zunächst nicht, daß Luis auf sie zukommt. Er führt Bello an der Leine.
Liza spürt die warme weiche Hundezunge, und dann laufen ihr die Tränen, die sie so gern zurückhalten möchte, über das Gesicht. Sie sieht Luis erst nach einer Weile, doch wendet sie sich sofort ab. Sie fürchtet, er könnte wieder so zornig werden wie in der Nacht, als man sie zur Enzianhütte brachte. Luis aber schaut sie nur schweigend an und schüttelt dann, betont langsam, den Kopf, als fiele es ihm schwer zu begreifen, daß es auf der Welt so dumme Menschen wie Liza gibt. Danach passieren die Dinge Schlag auf Schlag.
Ein großes Auto hält vor der Gruppe, und mit einem einzigen, verzweifelten Blick erkennt Liza, daß nicht die Eule, sondern die Direx gekommen ist, um sie abzuholen. Ihr entgeht völlig, wie aufgeregt und freudig die Direx von Bello begrüßt wird und wie zärtlich die Lehrerin die ver-

letzte Pfote des Bernhardiners streichelt und sagt: »Du großer dämlicher Kerl, läßt dich von einem kleinen dummen Mädchen entführen.« Bello nickt würdevoll, womit er wahrscheinlich zu verstehen geben will, daß er die Dinge von Anfang an habe kommen sehen.
Onkel Franz schiebt Liza ins Auto, und jetzt wirkt er auf sie tatsächlich wie ein Prinz, aber wie einer, der die schöne Frau von einer bösen Hexe entführen läßt. Auch spricht er absolut nicht so, wie man es von einem Prinzen in einer solchen Notlage erwartet. »Kopf hoch, Liza«, sagt er und winkt.
Luis steht daneben und erinnert Liza an die Bibel, an jene Stelle, als Lots Weib zu einer Salzsäule erstarrt.
»Danke, Franz«, sagt die Direx, als das Auto anfährt, »sobald ich kann, komme ich vorbei, um dir und Rosel zu danken.«
Kennt sie denn Rosel und Franz so gut, überlegt Liza, aber sie wagt nicht, danach zu fragen. Sie wagt überhaupt nicht, etwas zu sagen; sieht man von Bellos freudigem Grunzen ab, herrscht Schweigen im Auto, und das bedrückt Liza mehr als alles andere. Sie könnte es ertragen, wenn die Direx ihr sagte, was sie von ihr hält. Sie will auch jede Strafe auf sich nehmen, möchte vor allem wissen, ob sie von der Schule fliegen wird. All dies wäre ihr lieber als die Stille, die sie krank macht.
Als die Direx endlich spricht, ist Liza so froh, daß sie ihr am liebsten um den Hals fallen möchte und dies nur, weil sie den Mund aufgemacht hat.
»Ich sagte«, wiederholt die Direx, denn vor lauter Erlösung ist Liza nun ihrerseits verstummt, »willkommen zurück.«
»Danke«, flüstert Liza.
»War dein Ausflug nicht ein wenig aufwendig?«

»Aufwendig?« wiederholt Liza verblüfft. Erstens kennt sie das Wort nicht, und zweitens erstaunt sie das Gespräch.
»Ich meine, nur weil du einen so miserablen Aufsatz geschrieben hast, brauchtest du doch nicht gleich in die Berge zu rennen und dich umbringen.«
»Das wollte ich doch gar nicht«, empört sich Liza.
»Nein?« fragt die Direx trocken.
Jetzt erst merkt Liza, daß die Direx lächelt, und sie sieht auch, daß sie sehr schöne Augen hat.
»Danke«, sagt Liza, wobei sie ein ganz kleines Lächeln wagt.
»Hast du wirklich gedacht, ich wollte dich fressen?«
»Ja.«
»Gebrauchst du deinen Kopf auch mal zum Denken?«
»Selten.« Liza lacht.
»Das sollte anders werden.«
»Und Sie werden mich nicht von der Schule schmeißen?«
»Das habe ich nicht gesagt«, behauptet die Direx, »aber es wäre keine sehr kluge Idee. Außerdem wäre es unfein von mir, dich zu bestrafen. Du hast dich selbst genug bestraft.«
So viel Großzügigkeit überwältigt Liza. Sie drückt der Direx die Hand und ist nun ihrerseits bereit, Großzügigkeit zu zeigen. »Ach, mein Fuß«, sagt sie, so lässig im Ton wie möglich, »der tut überhaupt nicht weh.«
»Von deinem Fuß habe ich nicht gesprochen«, erwidert die Direx ruhig. »Vor zwei Tagen, als du fortgelaufen bist, war dein Vater hier. Er kam ganz überraschend.«
»Vati!« jubelt Liza. »Wie schön, daß er da ist!«
»Er konnte nicht warten«, sagt die Direx rasch, »und er blieb nur noch, bis Nachricht von dir eingetroffen war. Als er hörte, daß du in Sicherheit warst, fuhr er weiter. Er

spielt die nächsten sechs Wochen in Wien. Aber Liza, was ist denn los, du schnatterst ja. Ist dir denn so kalt?«
Liza hat noch nie erfahren, was es bedeutet, innerlich zu frieren. Sie fühlt nur, daß sie sich viel härter bestraft hat, als sie je ein Lehrer bestraft hätte. Diesen ganzen verrückten Plan hat sie doch nur ausgeführt, weil sie dorthin zurück wollte, wo sie mit Vati so einen schönen Tag erlebt hat. Und jetzt ist ihr Vater gekommen, und sie hat ihn nicht gesehen! Wäre sie nicht fortgelaufen, hätten sie beide zusammen auf die Alm gekonnt, so wie damals. Ihre Hände krallen sich in die zerschnittenen grünen Sandalen, und irgend etwas scheint in ihrem Körper zu zerreißen. Das aber ist nur der Beginn der Lungenentzündung, die Liza sich geholt hat.
»Vati«, murmelt sie, »das wollte ich nicht, wirklich nicht.«
»Manche Suppen muß man ganz allein auslöffeln, Liza, da kann einem keiner helfen«, sagt die Direx. Ihre Stimme ist traurig, denn sie weiß Bescheid. Die Wunden, die sich der Mensch selbst schlägt, verheilen am schwersten.

12. Kapitel

Die Direx sieht aus wie ein Luftballon und der Arzt wie der Sandmann – Jenny ist unglücklich – Wo kann nur Maja May abgeblieben sein? – Bello als Medizin für eine kranke Seele – Elternersatz – Rosa Zuckerwolken – Liza überwindet sich – Die Direx erfährt einiges vom Theater

Liza ist bisher noch nie ernstlich krank gewesen. Masern hat sie gehabt, aber nach den ersten beiden Tagen, die sie ohnehin verschlief, war das eine ganz vergnügliche Angelegenheit – drei Wochen keine Schule und dann noch eine herrliche Puppe als Geschenk, die eine Garderobe wie eine Filmdiva hatte. Von da ab bestand Liza darauf, daß Mutti jede Krankheit mit einem Geschenk honorierte, als wäre es eine besonders verdienstvolle Leistung, krank zu sein. Für die Windpocken hat Liza das lang ersehnte Fahrrad bekommen, für eine sehr leichte Halsentzündung die teueren Jeans, und selbst noch beim letzten Schnupfen, der trotz aller Bemühungen von Lizas Seite aus nur zwei Tage hielt, hat sie sich ein Buch gewünscht.
Beim geringsten Anzeichen einer Krankheit ist Liza bereitwillig und freudig ins Bett gewandert. Der Arzt war ein lustiger Mann, der aufregende Geschichten erzählt hat. Einmal brachte er Liza eine weiße Maus mit. Das war ein voller Erfolg. Liza ließ das Tier los. Mutti schrie so gellend, daß sie anschließend wegen Schock behandelt werden mußte, und die Kollegen hielten sich den Bauch vor Lachen.
In der Dolomitenschule krank zu sein ist ganz anders – viel einsamer vor allem. Liza hat ihren Schlafsaal, ihre Freundinnen und auch die Eule überhaupt noch nicht ge-

sehen. Am Tag, als sie von der Alm gebracht wurde, ist sie direkt vom Taxi ins Krankenzimmer getragen worden. Dort hat die Schwester, die Martha heißt, nach Wäschestärke und scharfer Seife riecht und nur sehr selten lächelt, sie ausgezogen, sie ins Bett gesteckt und ihr eine Spritze gegeben. Liza ist eingeschlafen, als sie gerade dabei war zu protestieren.
In den folgenden Tagen ist es stets das gleiche. Wenn sie sich beschweren will, daß man sie so viel allein läßt, schläft sie schon wieder. Die Worte stecken dann in ihrer Kehle wie gestohlenes Obst, das man zu hastig hinuntergewürgt hat, weil man fürchtet, erwischt zu werden. Manchmal glaubt Liza, daß die Direx an ihrem Bett sitzt. Dann nimmt sie sich vor, nach ihren Eltern zu fragen. Ehe sie aber dazu kommt, sieht die Direx aus wie ein Luftballon und segelt zur weißgetünchten Decke hoch. Das kommt natürlich vom Fieber, aber Liza ist viel zu krank, um irgendwelche Erklärungen zu verstehen. Zweimal täglich kommt der Arzt.
Fünf Tage lang ist Liza schwer krank. Sie kommt gar nicht dazu, sich Gedanken zu machen, daß es viel weniger Spaß macht, ernstlich krank zu sein, als sie früher einmal gedacht hat. Sie ist selten wach, und wenn sie die Augen aufschlägt, schmerzt der ganze Körper. Könnte sie in dieser Zeit allerdings ihre Mitschülerinnen sehen, würde ihr angeknackstes Selbstbewußtsein erheblich gestärkt. Jenny schleicht umher, als hätte sie und nur sie allein Liza in die Berge gehetzt. Alle Mädchen bewegen sich auf Zehenspitzen, obgleich das Krankenzimmer weit entfernt von den übrigen Räumen liegt. Sie haben aber das Gefühl, ein lautes Geräusch oder eine unbedachte Bewegung könnten Lizas Krankheit verschlimmern.
Wann immer die Direx auftaucht, wird sie mit Fragen be-

stürmt. Sie darf als einzige Liza besuchen, und zwar, wann immer sie will, aber sie sagt immer wieder das gleiche: »Keine Veränderung. Wenn das Fieber nicht runtergeht, muß sie ins Krankenhaus.«
Die Direx zögert, Liza ins Krankenhaus bringen zu lassen; sie fürchtet, das Mädchen würde in der fremden Umgebung erst recht nicht gesund werden. Hinzu kommt, daß Lizas Mutter, die ja eigentlich befragt werden müßte, nicht zu erreichen ist. Die Direx ruft früh, mittags und abends, einmal sogar um Mitternacht in Maja Mays Wohnung an. Erst am vierten Tag kommt sie auf die Idee, es mal beim Theater zu versuchen. Dort erreicht sie wenigstens den Portier. Er sagt, es seien zur Zeit Schauspielferien. In zwei Wochen würden die Proben wieder beginnen, und dann käme Maja May gewiß nach Hamburg zurück.
Maja May ist die ganze Zeit nichtsahnend in Köln. Sie hat eine große Rolle in einem Fernsehfilm übernommen, zunächst mit schlechtem Gewissen, denn sie hatte sich fest vorgenommen, Liza einmal in Brixen zu besuchen. Es sollte eine Überraschung werden, ein ganz großer Auftritt, aber dann ist der Regisseur gekommen und hat sie angefleht, die Rolle zu übernehmen. Sie soll eine Frau spielen, die eines Tages ihren Mann verläßt, weil sie unbedingt Medizin studieren möchte. Die Rolle hat Maja May gereizt. Wer für jung genug gehalten wird, um den Wunsch nach einem Studium zu haben, muß entsprechend jung aussehen. Das schmeichelt der Schauspielerin. So verdrängt sie den Wunsch, Liza zu überraschen, und kauft ihr statt dessen einen Walkman, wobei sie sich mit dem Gedanken tröstet, daß das Kind ohnehin in sechs Wochen nach Hamburg kommen wird.
Am sechsten Tag, nachdem bei Liza die Lungenentzündung ausgebrochen ist, geschieht etwas, womit noch

nicht einmal der Arzt gerechnet hat. Als er kommt, schläft die Patientin fest und friedlich. Sie atmet normal und nicht mehr stoßweise, und das Fieber ist gefallen. Der Arzt ist so glücklich, daß er vollkommen vergißt, Liza sanft anzufassen bei der Untersuchung. Sie wacht auf, merkt sofort, daß sie sich besser fühlt, und findet nun endlich Gelegenheit, dem Doktor das zu sagen, was ihr seit Tagen auf der Zunge liegt: »Sie sehen aus wie der Sandmann.«

»Welcher Sandmann?« fragt der Arzt verwirrt. Phantasie ist nicht seine starke Seite.

»Der auf der Marzipanwiese. Er hat eine Klingelleitung zum Weihnachtsmann.«

Der Arzt ist zu alt, um sich an »Peterchens Mondfahrt« zu erinnern. Enttäuscht läßt er das Stethoskop sinken, mit dem er Liza abgehört hat. Offenbar ist sie noch immer sehr krank, wenn sie solchen Unsinn redet. »Ich dachte nämlich…«, murmelt er unsicher.

Liza fühlt sich schwach und geniert sich inzwischen, daß sie in ihrem Alter einen Arzt in Gespräche über den Sandmann verwickelt hatte. So lächelt sie ihn an.

»Ich glaube, du bist über den Berg.« Der Arzt lacht und wird seiner Sache wieder sicher.

»Über welchen Berg?« fragt Liza quengelnd. Sie würde gern dem Arzt klarmachen, daß sie nach all ihren Erlebnissen kaum Lust hat, über Berge zu sprechen, aber sie will ihn nicht wieder ängstigen und fragt statt dessen optimistisch: »Darf ich Bello besuchen?«

»Für Besucher sind die Direktorin und Schwester Martha zuständig«, erklärt der Arzt steif. Er versteht weit mehr von der Medizin als von den Dingen, die ein Kind bewegen, und ist froh, daß Liza bald darauf einschläft.

Von diesem Tage an wird Liza in einem Tempo gesund, als

hätte sie nichts anderes im Sinn, als verlorene Zeit nachzuholen. Täglich kommt die Direx, aber leider läßt sie sich ohne Widerspruch wie ein unartiges Kind von Schwester Martha verjagen. Liza wünscht sich oft, daß die Direx sich endlich wehren würde, denn sie unterhält sich gern mit der Lehrerin, die sie einst gefürchtet hat. Die Direx redet nie über das, was geschehen ist, erwähnt auch nicht die Alm oder Tante Rosel, sondern läßt sich von Hamburg berichten. Dann erzählt sie ihrerseits von ihrer Jugend in Brixen, von ihren vielen Geschwistern und von ihren Bergwanderungen mit dem Vater, der heute ein alter Mann ist und im Grödner Tal lebt.

»Hast du einen Wunsch?« fragt die Direx eines Nachmittags, als die Sonne hell scheint und es besonders wenig vergnüglich ist, krank zu sein.

Wünsche hat Liza viele, aber sie sind anders als früher. Die Zeit, da sie eine Puppe für die Masern und ein Fahrrad zum Trost für Windpocken bekommen hat, scheint sehr weit weg. Die Wünsche, die sie heute hat, sind nicht mehr so leicht erfüllbar. Außerdem ist es ihr peinlich, darüber zu sprechen. Sie würde gern die Eule wiedersehen und Jenny und auch einige der anderen Mädchen, aber sie fürchtet sich vor den Fragen, die da kommen müssen. Mit der Direx ist es ja anders, denn die weiß alles. Die fragt nichts mehr.

»Darf mich Bello besuchen?« fragt Liza. Sie erwartet kaum, daß die Direx sich den Vorschlag auch nur überlegt, aber Liza wäre schließlich nicht Liza, wenn sie nicht versuchte, eine gebotene Situation auszunutzen.

»Ich glaube schon, Bello hat wohl auch Sehnsucht«, hört sie die Direx sagen.

Mit einemmal wird aus dem kranken Mädchen die lustige Liza früherer Tage. Sie springt aus dem Bett und vergißt

den Fuß, der noch immer nicht ganz gesund ist. Dann gibt sie der Direx einen Kuß, was sie allerdings selbst erschreckt, und stößt einen solchen Jubelruf aus, daß Schwester Martha aufgeregt angelaufen kommt, eine Bettpfanne in der Hand.
»Ich bekomme Besuch!« kreischt Liza. »Bello kommt!«
»Ein Hund im Krankenzimmer«, schnüffelt Schwester Martha mißbilligend und schwenkt dabei die Bettpfanne, als wollte sie die Direx damit erschlagen.
»Schwester, manchmal muß man auch an Medizin für die Seele denken«, meint die Direx.
Zur Ehre von Schwester Martha muß gesagt werden, daß sie sich trotz aller Vorbehalte sehr rasch an Bello gewöhnt. Er benimmt sich nämlich wesentlich besser im Krankenzimmer als viele zweibeinige Besucher, die den Kranken schaden. Niemals erzählt Bello Dinge, die Liza aufregen. Er bringt ihr keine Süßigkeiten mit, was ihrer Genesung sehr förderlich ist, und niemals würde es ihm einfallen, wie manchen Menschen, sich aufs Bett zu setzen oder eine Zigarette zu rauchen. Bello reicht Liza nur gemessen die Pfote, die übrigens schon längst wieder gesund ist, und wenn die beiden allein sind, leckt er ihr das Gesicht ab, bis es glänzt. Dann erzählt Liza ihm all das, was sie sonst niemandem anvertraut.
Bald liegt Bello fast den ganzen Tag im Krankenzimmer. Mittags, wenn Liza schläft, kriecht er unter das Bett – selbstverständlich ist er viel zu wohlerzogen, um Schwester Martha vom Staub zu erzählen, den er in den Ecken findet.
Mit Bellos Pfote in der Hand und dem Pochen von seinem Herzschlag an ihrem Ohr, findet Liza endlich Mut zu der Frage, die sie so sehr bewegt. »Wann kommt Vati?« will sie von der Direx wissen.

»Liza, er ruft täglich an, aber bisher warst du noch nicht gesund genug, um mit ihm zu reden.«
»Wann kommt er her?«
»Er kann nicht kommen. Er steht jeden Abend auf der Bühne.«
»Als was?« fragt Liza interessiert.
»Als Philipp.«
»Als welcher?«
»Gibt es denn zwei?« fragt die Direx unsicher.
»Einen im ›Carlos‹ und einen im ›Egmont‹«, belehrt sie Liza streng, und dann müssen beide lachen. Schauspielerkinder haben eben von manchen Dingen mehr Ahnung als Erwachsene, die das Theater nur von vorne kennen.
»Er ist fast verrückt geworden vor Sorge, Liza.«
»Und Mutti?« fragt Liza. Ihr Gesicht sieht plötzlich mißmutig aus.
»Wir können sie nirgends finden. Zu Hause meldet sie sich nicht, und auch dein Vater weiß nicht, wo sie ist.«
»Klar«, erläutert Liza, »sie filmt in Köln.«
»Mein Gott, wenn wir das gewußt hätten. Als du so krank warst, hätte sie hierher gehört.« Die Direx scheint zu sich selbst zu sprechen.
»Ich weiß nicht, ob sie gekommen wäre«, seufzt Liza und krault Bello. »Sie hat eine sehr gute Rolle in Köln angeboten bekommen, das hat sie mir geschrieben.« Wieder ist dieses nagende Gefühl da, das ihr schon zu Hause so zugesetzt hat. Andere Kinder haben Eltern. Sie hat nur Elternersatz. Das Wort stammt von Vati. Er hat es ihr einmal beim Abschied gesagt, und Liza hat es sich gemerkt.
»Elternersatz«, murmelt sie.
»Vielleicht kannst du ein bißchen schlafen«, sagt die Direx sanft.
Sie hat eine Riesenwut, aber natürlich nicht auf Liza.

Sonst würde sie die Decke nicht hochziehen und ganz leicht Lizas Stirn berühren. Die Direx hat keine eigenen Kinder, aber unendlich viele, um die sie sich Sorgen macht.
Jetzt, da sie weiß, daß Maja May in Köln ist, ist es eine Kleinigkeit, sie zu finden. Der Norddeutsche Rundfunk, bei dem der Film gedreht wird, gibt die Adresse. Im angegebenen Hotel wird der Portier dringend gebeten, der Schauspielerin auszurichten, sofort in der Dolomitenschule anzurufen.
Zwei Stunden später meldet sich Maja May. Sie ist außer sich über das Geschehene, und die Direx hat wirklich Mühe, sie zu beruhigen.
»Ich habe noch zwei Drehtage, dann komme ich«, erklärt Maja May.
»Überlegen Sie sich das, Frau Rainer«, erwidert die Direx. »Es ist eine weite Reise.«
»Hat denn Liza nicht nach mir verlangt?«
Die Direx weiß nicht genau, was sie antworten soll. Ihr fällt ein, wie Liza »Elternersatz« gemurmelt hat und kurz darauf eingeschlafen ist.
»Das arme Kind«, jammert Maja May ins Schweigen hinein.
»Sie ist in besten Händen«, sagt die Direx förmlich, und doch spürt sie, daß die Schauspielerin es ernst meint. »Kommen Sie nicht überraschend«, bittet sie, »auch freudige Aufregungen sind jetzt nichts für Liza. Sprechen Sie erst am Telefon mit ihr.«
»Sofort?«
Diesmal hört die Direx deutlich Sorge in Maja Mays Stimme. »Warten Sie wenigstens noch bis morgen. Ich will Liza auf Ihren Anruf vorbereiten.«
Es wird ein sehr langes Gespräch zwischen Mutter und

Tochter, und noch nie hat sich Liza so sehr über einen Anruf gefreut. Sie hat früher mit Vati gesprochen, wenn er in Bombay oder New York war, und sie hat sich nicht viel dabei gedacht. Ferngespräche waren schon immer an der Tagesordnung für Liza, aber nun redet sie nach langen Wochen wieder einmal mit der Mutter, und es erscheint ihr wie ein Wunder, daß die Stimme so deutlich und unverändert ist. Rosa Zuckerwolken hängen von der weißgetünchten Decke des Krankenzimmers herab, die natürlich nur Liza sehen kann. Sie würde sich überhaupt nicht wundern, wenn Schwester Martha sich in das weiße Kaninchen aus Boston verwandelt hätte.

»Liza, ich schäme mich«, hört sie Mutti sagen.

»Ich auch«, antwortet Liza, und keine von beiden fragt nach dem Grund.

Vielleicht werden sich Mutter und Tochter eines Tages besser kennenlernen, aber bis dahin ist noch ein weiter Weg, und sie müssen viele versäumte Gelegenheiten nachholen. Maja May muß noch lernen, daß Kinder manchmal sehr selbstsüchtige Wünsche haben, und dies oft nur, weil sie Grund haben, an der Liebe der Eltern zu zweifeln. Vielleicht lernt auch Liza bald begreifen, daß Kindern nicht das Recht zukommt, den Eltern Vorschriften zu machen.

»Ich komme, sobald wir hier abgedreht haben«, sagt Mutti.

»Wann beginnen denn deine Proben in Hamburg?«

»Eigentlich in fünf Tagen, aber ich gebe die Rolle ab. Dafür wird man eben Verständnis haben müssen, wenn du so krank bist.«

Hat Liza nicht immer auf so einen Moment gewartet? Mutti ist bereit, auf eine Rolle zu verzichten und ans Bett des kranken Kindes zu eilen! Das schöne Gefühl aber, das

nun eigentlich kommen müßte, bleibt aus. Irgend etwas schmeckt bitter. Liza kommt sich vor wie ein Läufer, der ein Rennen gewonnen hat und der dann merkt, daß alle seine Rivalen schon kurz nach dem Start zusammengebrochen sind. So etwas hat sie mal im Film gesehen.
»Was hättest du denn spielen sollen?«
»Ach«, sagt Maja May, »ein dämliches Stück. So eine alberne Komödie, ›Geliebte Hexe‹ heißt sie. Ich spiele darin eine junge Frau, die zaubern kann. Sie verzaubert den Mann, den sie liebt, verliert aber dabei die Fähigkeit, andere Menschen zu verhexen.«
Die Art, wie Mutti von der Rolle erzählt, läßt Liza merken, daß sie das Stück überhaupt nicht dumm findet. Wie oft hat Liza Schauspieler so reden hören. »Gib deine Rolle nicht auf«, sagt sie und ist äußerst überrascht, als der Satz zu Ende gesprochen ist. Ihre Zunge hat sich selbständig gemacht. Mutti spielt doch so schrecklich gern in Lustspielen, und wozu soll sie am Bett eines fast wieder gesunden Kindes sitzen und vielleicht nie mehr eine solche Rolle bekommen.
»Quatsch, Liza, so eine Rolle kommt doch wieder. Das weißt du doch. Außerdem trete ich nicht gern mit Katzen auf.«
»Trittst du denn mit einer Katze auf?«
»Mit einem wunderschönen Siamkater«, schwärmt Maja May, und ihr Ton gibt Liza die letzte Gewißheit. Die Rolle ist Mutti schon ganz ans Herz gewachsen.
»Ich möchte dich so schrecklich gern mit dem Kater sehen, Mutti.«
»Er kommt schon im ersten Akt vor.« Maja May lacht. Sie fühlt sich kein bißchen schuldig mehr, hat aber doch eine brennende Sehnsucht, ihre Tochter in die Arme zu nehmen. »Mein Gott, Liza«, sagt sie, »wenn du in sechs Wo-

chen nach Hause kommst, wird das eine schöne Zeit für uns beide!«
»Grüß den Kater. Wie heißt er denn?«
»Pyewacket. Schwieriges Wort«, sagt Maja May. Auf einmal verändert sich ihre Stimme und wird unvermutet ernst. »Danke, Liza, verzeih mir.«
»Wofür?«
»Ich glaube, du weißt schon«, sagt Mutti leise und hängt ein, ehe die Tochter noch etwas sagen kann.
Als Schwester Martha eine halbe Stunde später kommt, um das Telefon zu holen, findet sie Liza in Tränen. »Eltern«, sagt sie grimmig, »sollte man alle auf den Mond schießen.«
»Meine nicht.« Liza lacht und betrachtet durch ihre Tränen die Sonnenstrahlen, was besonders vergnüglich ist. »Die Katze von meiner Mutter heißt Pyewacket, und in den Ferien werde ich sie bestimmt kennenlernen.«
»Heute mittag gibt's Ravioli«, erwidert Schwester Martha.
Manche Leute haben ein ungeheuer großes Talent, zu jeder Zeit das Falsche zu sagen, aber heute macht Liza das sogar Spaß. Noch mehr Freude bereitet es ihr, der Direx zu erklären, weshalb die Rolle für Maja May so wichtig ist und daß sie selbstverständlich jetzt nicht kommen kann.
Die Direx ist eine glänzende Zuhörerin, aber vom Theater versteht sie rein gar nichts. Immer wieder stellt sie Fragen, die Liza schon als Neunjährige hätte beantworten können. Zum Schluß allerdings scheint sie von der Geschichte doch mehr begriffen zu haben, als Liza angenommen hat, denn sie sagt, ehe sie aus dem Zimmer geht: »Gratuliere, Liza. Das nenne ich Selbstüberwindung.«
»Was heißt das?«

»Du hast dich eben mal selbst überwunden und deinen Kopf zum Denken gebraucht.«
Das ist natürlich ein Scherz. So ist die Direx eben. Sie würde nie sagen, was sie wirklich bewegt. Dabei würde sie Liza sehr gern in den Arm nehmen, denn sie findet, das Kind hat sich großartig verhalten.

13. Kapitel

Herr Kater läßt grüßen – Bello, der Stofflöwe und ein Band Gedichte – Wiedersehen mit der Eule – Was soll Jenny in Nürnberg? – Katherlieschen taucht wieder auf, und Maja Mays Hundezucht verschwindet – Von Bello läßt man sich nicht an die Wand spielen

An einem Sonntag, als die gesamte Schule einen Ausflug macht und die Stimmung im Krankenzimmer auf den Nullpunkt gesunken ist, erklärt der Arzt Liza für gesund. Sie quittiert die lang ersehnte Mitteilung mit einem Jubelgeheul, das allerdings abrupt aufhört, als sie erfährt, sie müsse noch drei Tage im Bett bleiben, um einen Rückfall zu vermeiden. Sie tobt und heult wie ein kleines Kind, erwägt einen Hungerstreik, gibt sich zunächst beleidigt, dann entrüstet und droht schließlich, sich an den Kinderschutzbund zu wenden. Schwester Martha bekommt daraufhin einen Lachanfall, was Lizas Wut noch steigert.

Es ist Bello, der Liza klarmacht, daß sie in der Rolle der verzweifelten Heldin eine lächerliche Figur abgibt. Er sieht so unglücklich aus mit den Falten über den Augen und dem eingezogenen Schwanz, daß Liza gar nicht anders kann, als unvermittelt einzulenken.

Bald merkt sie, daß es durchaus seine Vorteile hat, als Genesende im Bett zu liegen. Alle Welt ist darauf aus, die Patientin zu verwöhnen. Die Schmerzen sind fort, die Vorschriften des Arztes überhaupt nicht mehr streng, das Essen ist gut, und der Strom der Besucher will kein Ende nehmen. Bald erkennt Liza, daß sie selten so zufrieden gewesen ist. Manchmal vergißt sie ganz, daß sie solche paradiesischen Zustände nicht verdient hat.

Die Eltern rufen täglich an. Mutti ist wieder in Hamburg

und läßt ihre Telefonrechnung wachsen, um Liza die Proben mit dem Siamkater zu schildern. Er ist offenbar eine arge Strapaze für alle Beteiligten und verlangt mehr Rücksicht als die launischste Diva. Schauspieler treten nicht gern mit Kindern oder Tieren auf, denn das Publikum hat die Angewohnheit, dann nur noch auf das Kind oder das Tier zu schauen und sie niedlich zu finden. Welcher Schauspieler aber läßt sich schon gern die Schau stehlen oder, wie es im Theater heißt, an die Wand spielen? Offenbar ist Maja May aber immer wieder bereit, es mit dem überheblichen Kater zu versuchen. Ihre Schilderungen am Telefon sind so lustig, daß Liza oft vor Lachen nicht weitersprechen kann.
Vatis Anrufe aus Wien sind gleichfalls ein Höhepunkt des Tages. Als Eilpaket schickt er einen riesigen Stofflöwen nach Brixen, der bei der ersten Begegnung Bello in Angst und Schrecken versetzt. Dann trifft ein Buch über die Seiser Alm ein. Als Liza es auspackt und die bunten, gut fotografierten Bilder sieht, kann sie die Tränen nicht zurückhalten.
So viel ist seit dem Tag geschehen, als sie mit Vati zur Enzianhütte wanderte. Nun weint sie gar nicht so sehr, weil später alles anders kam, als sie sich wünschte, sondern vor Freude, daß er noch an ihren Ausflug denkt. Noch mehr wird das Liza bewußt, als er ihr ein paar Tage später ein Buch mit Gedichten von Theodor Fontane schickt. Erst versteht sie gar nicht, wie er auf so schwere Gedichte gekommen ist, aber mit einemmal findet sie das Gedicht von den drei Hexen und weiß Bescheid. Sie liest es von da ab so oft, daß sie es bald auswendig kann. Irgendwie erscheint es ihr wie ein Versprechen, daß sie ihren Vater bald wiedersehen wird und ihm dann einiges sagen kann, das sie schon lange bewegt.

Zweimal täglich kommt die Eule zu Besuch, und schon beim ersten Mal macht sie klar, daß sie Liza nichts nachträgt. Sie ist so herzlich, daß man meinen könnte, Liza hätte eine Heldentat vollbracht, statt das in sie gesetzte Vertrauen so leichtfertig aufs Spiel zu setzen. Als Liza beim ersten Besuch endlich dazu kommt, sich zu entschuldigen, fängt die Eule an, vor Rührung zu weinen.
Vor der ersten Begegnung mit Jenny hat sich Liza ein wenig gefürchtet. Sie hat sich oft gefragt, wie einsam Jenny wohl gewesen ist, nachdem Liza fortlief und krank wurde. »Ich war ein Esel«, ruft sie der Freundin zu, kaum daß diese die Tür aufgemacht hat. Die schüchterne Jenny, die niemandem widerspricht, hat es selbstverständlich auch diesmal nicht getan. So herrscht wieder bestes Einvernehmen zwischen den Freundinnen.
Liza berichtet von ihren Erlebnissen am Berg, wobei sie nichts ausläßt und auch nicht versäumt, der Freundin zu schildern, wie sie sich ihre eigene Beerdigung und eine schluchzende Mutter am Grab vorgestellt hat. Von Luis und den Worten, die er ihr in der Enzianhütte an den Kopf geschleudert hat, spricht sie aber nicht.
Von Jenny erfährt Liza all den Klatsch, den sie so lange entbehren mußte, und sie staunt, wie gut die Freundin andere Menschen schildern kann. Das hätte sie ihr nie zugetraut, aber Liza hat bisher auch stille Naturen irgendwie verachtet. Wer nicht unaufhörlich redete und im Mittelpunkt stand, galt bei ihr als langweilig.
Wenn Jenny sich allerdings unbeobachtet glaubt, sieht sie so traurig aus, daß Liza sie eines Tages nach dem Grund fragt, obwohl sie ihn bereits ahnt. In manchen Dingen hat sie eben Erfahrung. »Was ist los, Jenny?«
»Nichts Besonderes.«
»Sag's trotzdem.«

»Du würdest es nicht verstehen.«
»Es ist dein Vater, nicht wahr?« fragt Liza leise.
»Woher weißt du das?« staunt Jenny.
»Du hast es mir doch mal erzählt.«
»Ich hätte nicht gedacht, daß du dir so was merkst.«
»Gerade so was.«
»Warum?«
»Hab genug Sorgen mit meinen eigenen Eltern«, sagt Liza.
»Ich soll in den Ferien nicht nach Hause kommen.« Auf einmal kann Jenny ihre Tränen nicht zurückhalten. Als sie sich endlich ein wenig beruhigt, sagt sie, und es klingt sehr hoffnungslos: »Ich soll zu einer alten Tante. Die wohnt in Nürnberg.«
»Wozu?«
»Niemand hat Zeit für mich. Mutti hat gerade wieder geheiratet, und Vati hat auch eine neue Frau.«
»So ist das also«, meint Liza. Sie würde Jenny gern etwas Tröstendes sagen, aber sie weiß, daß es für manche Wunden keine Pflaster in passender Größe gibt. Jenny hat noch keine Erfahrungen im Sich-allein-Fühlen und kennt noch nicht jene Verlassenheit, vor der Kinder nicht verschont bleiben. Liza aber hat einen Plan.
Es ist keine großartige Idee, denn es gibt keine großartigen Einfälle, um Kindern zu helfen, deren Eltern eines Tages neue Familien im gleichen Tempo gründen, als kauften sie sich ein Paar Turnschuhe. Lizas Idee könnte Jenny helfen, und so schreibt sie noch am gleichen Tag einen langen Brief an die Mutter. Maja May ist äußerst erstaunt, als sie Lizas Vorschlag liest, und zum ersten Mal wird ihr ganz deutlich klar, daß sich ihre Tochter in der Dolomitenschule sehr verändert hat.
Nicht nur Jenny hat Kummer. Auch die Eule sieht eines

Tages sehr betreten aus, als sie zu Besuch kommt, doch es würde Liza nie einfallen, sie nach ihren Sorgen zu fragen. Erwachsene bringen große Mühe auf, um ihre Gefühle gut unter Verschluß zu halten, und meistens gelingt es ihnen auch, so ganz anders auszusehen, als sie sich fühlen. Die Eule ist allerdings offenbar doch nicht richtig erwachsen. Jedenfalls schüttelt sie plötzlich ganz bekümmert den Kopf und erzählt, Jeannette müsse nach Hause. Ihr Vater habe eine Stellung in Indien angenommen und wolle seine Familie mitnehmen.

Zunächst hat Liza gewisse Mühe, sich an Jeannette zu erinnern. Sie gehört zu den stillen Mädchen, die Liza insgeheim mal brennend gern durchgeschüttelt hätte. Als sie gerade dabei ist, darüber nachzudenken, von wem eigentlich die Rede ist, hört sie die Eule sagen: »Und nun haben wir doch niemand als Katherlieschen. Dabei ist in weniger als drei Wochen schon die Aufführung.«

Katherlieschen – für Liza scheint das Wort aus einer anderen Welt zu kommen. So viel ist seitdem geschehen. Ihr fällt der Nachmittag ein, an dem sie sich besonders dumm angestellt hat, um den anderen zu beweisen, sie habe kein Talent zum Theaterspielen. Liza erinnert sich sehr genau an diesen Nachmittag. Sie hat nichts als Haß verspürt. Das Theater war ihr widerwärtig, und sie hat auch ihre Eltern gehaßt, weil beide Schauspieler waren und nicht Eltern der üblichen Art, die zusammenwohnten und sich um ihr Kind kümmerten. In jener Nacht ist Liza das erstemal davongelaufen und die Eule hinterher. Und hat sie nicht auch geweint? Jedenfalls dann, als sie von Vatis Besuch erfuhr.

»Liza, wo bist du eigentlich mit deinen Gedanken?«

»Beim Katherlieschen«, sagt Liza schnell, und so ganz gelogen ist es noch nicht einmal.

»Laß mal«, sagt die Eule gerührt, »wir finden schon eine Lösung. Da führen wir das Stück halt später auf. Vielleicht nach den Ferien.«
»Warum?«
»Ohne Hauptrolle kann man kein Stück spielen.«
»Ich übernehme«, sagt Liza schüchtern, »wenn ich darf.« Ihr ist es, als hätte sie sich nun endgültig bei der Eule entschuldigt.
»Du?« staunt die Eule. »Du kannst doch gar nicht Theater spielen.«
»Ich bin nicht ganz so dämlich, wie ich damals getan habe«, versichert Liza, die überhaupt nicht merkt, daß die Eule ohnehin Bescheid weiß.
»Und wie willst du in drei Wochen die Rolle lernen?«
»Meine Mutter«, sagt Liza vergnügt, »hat schon einmal innerhalb von zwei Tagen die Jungfrau gelernt. Die von Schiller, und die hat viel Text. Eine Kollegin wurde krank. Tag und Nacht hat sie gepaukt. Manchmal habe ich sie abgehört.«
»Deine Mutter«, die Eule kichert, »hat doch eine Hundezucht. Ich weiß es genau. Ihre Tochter hat's mir selbst erzählt.«
»Das war einmal«, gurgelt Liza, »aber sie hat alle Hunde verkauft und ist dann Schauspielerin geworden. Mein Vater auch. Hab ich vergessen, Ihnen das zu erzählen?«
Eigentlich müßte die Eule nun irgend etwas Feierliches sagen, aber sie ist so glücklich, Liza über ihre Eltern sprechen zu hören, daß ihr nur etwas sehr Törichtes einfällt. Sie nimmt Bellos Kopf zwischen ihre Hände und sagt zärtlich: »Und für dich schreibe ich auch noch eine Rolle hinein.«
»Was?« schreit Liza entsetzt. »Glauben Sie, ich will mich von dem da an die Wand spielen lassen?« Dann wird sie

auf einmal ganz verlegen. »Bitte«, sagt sie, »erklären Sie es den anderen – das mit meiner Mutter und so und daß ich jetzt doch das Katherlieschen spielen werde.«
Die Eule nickt nur, und Liza springt auf und tanzt auf dem Bett und wirft ein Kissen an die Wand, worauf Schwester Martha erscheint und ihr einen kräftigen Klaps verabreicht.

14. Kapitel

Maja May bekommt zwei Briefe und ärgert sich über einen Kater – Theaterproben in Hamburg und Brixen – Weshalb Liza gern über ihre Mutter sprechen möchte und ein unerwartetes Geständnis – Ein Traum aus Zuckerwatte, der viel zu schön für diese Welt ist – Liza schickt ein Telegramm

Die beiden Briefe, die Maja May nicht aus dem Sinn gehen, sind merkwürdigerweise am selben Tag angekommen. Der eine ist von Liza. Sie läßt ihre Mutter wissen, daß sie ihre Ferien lieber in der Dolomitenschule statt zu Hause verbringen möchte. Offenbar ist ihr der Entschluß nicht leichtgefallen, denn sie begründet ihn sehr ausführlich, indem sie anschaulich und mit entsprechenden Kommentaren schildert, was ihrer Freundin Jenny passiert ist.
»Ehe Jenny«, schreibt Liza, »zu einer spießigen alten Tante fährt, die so viel Ahnung von Kindern hat wie ich vom Brötchenbacken, wollen wir beide lieber in Brixen bleiben. Falls die Direx uns läßt. Du mußt aber einverstanden sein, ehe ich sie frage, also antworte bitte schnell.«
Der Schluß des Briefes ist nicht gerade geeignet, Maja May in heitere Stimmung zu versetzen. »Weißt du«, schreibt Liza, »ich bin es ja gewöhnt, Eltern zu haben, die nicht zusammengehören, aber für Jenny ist das alles noch sehr neu. Sie weint viel. Habe ich eigentlich auch so viel geweint, als Vati fortging? Ich kann mich gar nicht mehr so richtig erinnern. Es scheint schon Ewigkeiten her.«
Hinter ihrem Namen hat Liza noch einige Zeilen geschrieben. Es soll so aussehen, als wäre ihr der Gedanke ganz zufällig gekommen, aber man muß schon eine sehr lange Leitung haben, um nicht zu begreifen, daß der ganze Brief

eigentlich nur wegen dieses einen Satzes geschrieben wurde. »Wäre es nicht schön«, fragt Liza ihre Mutter, »wenn ich Jenny zu mir nach Hamburg einladen dürfte? Aber was sollst du mit zwei Kindern, wenn du eigentlich noch nicht einmal eins so richtig gebrauchen kannst.«

Maja May hat den Brief in ihre Handtasche gesteckt und liest ihn mindestens einmal täglich, doch kann sie sich nicht rasch zu einer Antwort entschließen. Seit drei Wochen probt sie nun das Lustspiel »Geliebte Hexe«. In zehn Tagen soll Premiere sein, aber bisher ist alles schiefgegangen. Der Schauspieler, der ihren Bruder zu spielen hat, ist zu Anfang der Proben krank geworden, und nun, da er wieder dabei ist, hat er die größte Mühe, seinen Text zu behalten. Das Stück spielt in der Weihnachtszeit, und bei der letzten Probe hat der Unglücksrabe den Tannenbaum zu Boden geworfen. Der Regisseur, der überall für seine ruhige Art und Geduld bekannt ist, hat einen Wutanfall bekommen und sich so die Haare gerauft, als würde er ausschließlich dafür bezahlt.

Maja May hat außer dem Partner, der seinen Text vergißt, noch ein Problem. Das klingt nicht sehr schwerwiegend, aber es beschäftigt sie doch sehr. Sie kann mit dem Siamkater nicht zurechtkommen. Eigentlich heißt er Robby. Aber im Stück wird er ja »Pyewacket« genannt, doch aus einem Grund, den niemand durchschaut, bringt ihn gerade dieses Wort aus der Fassung. Sobald Maja May den Kater nur mit seinem Bühnennamen anredet, faucht und kratzt er fürchterlich, und bereits nach der ersten Probenwoche sieht die Schauspielerin aus, als wäre sie durch einen Stacheldrahtzaun geklettert. Das wiederum gibt dem Regisseur, der insgeheim eine Todesangst vor Katzen hat, Gelegenheit zu allerhand pessimistischen Bemerkungen.

Tragen schon der Kater und Lizas Brief dazu bei, die Schauspielerin unsicher und deprimiert zu machen, so bekommt sie regelrechte Schuldgefühle, wenn sie an den Brief von der Direx denkt. Er schildert nämlich, wie krank Liza gewesen ist und daß sie nun zwar wieder gesund sei, aber, so die Direx, »seelisch noch sehr anfällig«. Maja May glaubt, aus jeder Zeile Vorwürfe zu entnehmen. Als sie den Brief zum wiederholten Mal liest, hat sie gerade den Kater auf dem Schoß und füttert ihn mit Keksen, um sein Zutrauen zu gewinnen. Sie muß sich sehr anstrengen, um dem Tier zu verbergen, wie gern sie es an die Wand werfen würde. Nur ein einziges Mal... Ihr wird schon schlecht, wenn sie die Kekskrümel auf ihrer Kleidung sieht.
Die erste Szene wird gerade zum fünftenmal an diesem Tag wiederholt. Ebenso oft hat Maja May gegrübelt, wie schwer es ist, eine erfolgreiche Schauspielerin und eine wenigstens halbwegs gute Mutter zu sein. Sie würde Liza gern in der Pause anrufen, aber auch auf die vielen Telefongespräche der letzten Zeit ist die Direx eingegangen. Jetzt, da Liza wieder gesund und mit ihren Klassenkameradinnen zusammen sei, müßten die vielen Anrufe aufhören. Erstens, so die Direx, störten sie die Schulordnung »empfindlich«. Zweitens seien sonst die Kinder benachteiligt, deren Eltern nicht so viel Geld für lange Ferngespräche hätten.
Maja May seufzt. Fast verpaßt sie ihr Stichwort. Sie muß, die Katze auf dem Arm, auf die Bühne kommen, ihren sogenannten Bruder anschauen, »Nicky« sagen und ein gequältes Gesicht machen. Statt dessen rast Maja May auf die Bühne, als wäre ein Stier hinter ihr her und sie im Kostüm von Rotkäppchen. Statt »Nicky« sagt sie »Liza«, und der Regisseur bekommt einen Schreikrampf. Dem Kater

aber gefällt das neue Wort glänzend. Zum erstenmal seit Probenbeginn sieht er zufrieden aus und beginnt zu schnurren. Von da an wird er nur noch »Liza« heißen, obwohl das kein sehr passender Name für einen Kater ist, aber die Entfernung zwischen Bühne und Publikum ist groß genug, um so etwas zu gestatten. Niemand wird so genau sein Geschlecht feststellen können. Als alle diese Überlegungen erörtert werden, bekommt der Regisseur seinen zweiten Schreikrampf und droht, sich auf der Stelle umzubringen. Das stört niemanden; Maja May schleicht sich unbemerkt in ihre Garderobe, um in Ruhe nachdenken zu können.

Eigentlich hatte sie vor, darüber zu grübeln, daß das Stück »Geliebte Hexe« zum erstenmal in New York, und zwar mit Lilli Palmer und Rex Harrison in den Hauptrollen herausgekommen ist und daß die Proben dort wahrscheinlich friedlicher verlaufen sind. Zu solchen Überlegungen kommt sie allerdings nicht, denn Lizas Brief und deren Ferienpläne gehen ihr im Augenblick nicht aus dem Sinn.

Nach einer Weile setzt sich Maja May hin und schreibt der Direx einen langen Brief, wobei sie ihr einen Vorschlag macht, der die Lehrerin fast vom Stuhl fegt. Das will viel heißen, denn die Direx läßt sich wahrhaftig nicht leicht aus der Ruhe bringen, aber sie hat ja überhaupt keine Ahnung gehabt, daß Liza die Ferien in der Dolomitenschule verbringen will.

In Brixen verlaufen die Proben zum »Katherlieschen« weitaus ruhiger als die zur »Geliebten Hexe« in Hamburg. Nur eins betrübt die Darsteller. Sie würden am liebsten den ganzen Tag Kostüme anprobieren, Rollen lernen und über Bühnenbilder diskutieren. Die Direx aber besteht darauf, daß die Proben nur nachmittags in der Freizeit stattfinden, und in diesem Punkt läßt sie nicht mit sich reden, wobei sie

immer wieder das Sprichwort zitiert, daß erst die Arbeit und dann das Vergnügen zu kommen habe.
»Erst kommt die Tat und dann das Theater«, spottet Margret, sobald die Direx sie nicht mehr hören kann.
»Erst Mathe und dann Mienenspiel«, dichtet Angela, die sehr oft Dialogänderungen im Stück vorschlägt, was die Eule nicht ausstehen kann.
»Erst Latein und dann Liza«, sagt Jenny.
An Probennachmittagen herrscht beste Stimmung. Spaß haben nämlich nicht nur diejenigen, die mitspielen, sondern auch die anderen, die keine Rolle bekommen haben, denn es gibt Kostüme zu nähen, Bühnenbilder zu entwerfen und zu malen, Beleuchtungseffekte auszuprobieren und Programme zu schreiben. Jede, die Lust hat, kann eine Aufgabe übernehmen, und die Eule hat wirklich eine bewunderungswürdige Art, um den Mitwirkenden klarzumachen, daß die Arbeit hinter den Kulissen ebenso wertvoll ist wie das Theaterspielen selbst.
Manchmal hat Liza nun doch Lust zu erfahren, was die Eule den Mädchen gesagt hat, denn alle tun so, als sei es selbstverständlich, daß die Hauptrolle jetzt mit Liza besetzt ist, die sich anfangs so gegen das Theaterspielen gewehrt hat. Hat sie sich früher in ihrer Hamburger Schule immer geärgert, wenn ihre Mitschülerinnen unaufhörlich über Maja May redeten und törichte Fragen stellten, so nimmt sie in diesen Tagen manchmal recht mißmutig zur Kenntnis, daß absolut niemand nach ihrer Mutter fragt. Das ist nicht sehr logisch. Schließlich war sie es doch, die erzählt hat, ihre Mutter züchte Hunde, und weshalb sollten die Mitschülerinnen ausgerechnet bei den Proben nach einer Hundezüchterin fragen. Auf einmal aber würde Liza schrecklich gern von den Proben reden, die sie in ihrem Leben schon mitgemacht hat. Sie ist ja ein alter Theater-

hase, und im Gegensatz zu früher möchte sie das jetzt den anderen mitteilen.
Neugierde aber wird an der Dolomitenschule nicht gern gesehen. Jede, die über sich selbst reden will, kann das ungehindert tun, und es finden sich immer verständnisvolle Zuhörer. Wer aber seine Probleme für sich behalten möchte, soll dazu Gelegenheit haben. So sieht sich Liza gezwungen, die Mauer selbst einzureißen, die sie am Anfang um sich aufgebaut hat. Eines Tages bei der Probe meutert sie aus nichtigem Anlaß und sagt im Ton einer recht überheblichen Diva: »Das ist kein guter Abgang.«
Die erstaunten Gesichter der anderen hätten sie früher veranlaßt, auf der Hut zu sein. Jetzt muß sie lachen. »Ein guter Abgang«, erklärt sie, »ist, wenn man wirkungsvoll von der Bühne abgeht, dann kann das Publikum nicht anders als klatschen.«
»Wo hast du denn das her?« fragt die Eule scheinheilig.
»Das«, sagt Liza langsam und wechselt mit der Eule einen Blick, den die anderen nicht deuten können, »hab ich von meiner Mutter. Sie ist nämlich Schauspielerin. Mein Vater übrigens auch. Mutti spielt in Hamburg und Vati in Wien.«
Hat sie das nicht seit Ewigkeiten sagen wollen? Wozu hat sie eigentlich so lange gelogen, warum sich selbst und den anderen immer etwas vorgemacht? Nichts ist einfacher, als die Wahrheit zu sagen.
Liza ist glücklich. Sie strahlt, als hätte sie die Entdeckung ihres Lebens gemacht und wäre dafür mit dem Nobelpreis ausgezeichnet worden. Auf einmal kann sie nicht genug erzählen, wie es am Theater zugeht.
Zuweilen gibt sie ihren Berichten etwas zu viel Farbe. Neidlos wird sie von den Mitspielerinnen als Schiedsrichterin anerkannt, wenn es um künstlerische Dinge geht, und Liza wäre nicht Liza, würde sie die neue Mittelpunkt-

rolle nicht entsprechend genießen. Sie berät jeden ungefragt und unaufgefordert, die Bühnenmaler, die Kostümnäherinnen und selbstredend das Mädchen, das den Frieder, also ihren Partner, spielt. Ein Uneingeweihter könnte meinen, Liza sei zugleich ein schauspielerndes Wunderkind und ein erfolgreicher Theaterleiter. Es fehlt nur noch der Vorschlag, Liza zum Dirigenten des Schulorchesters und zum Chorleiter zu machen.

»Wie viele Regisseure gibt es eigentlich pro Stück am richtigen Theater?« fragt die Eule eines Tages mit einer Ironie, die ihr ansonsten fremd ist.

Liza mag zwar viele Fehler haben, aber sie ist selbstkritisch und vor allem auch bereit, mal einen Fehler zuzugeben. »Wer sich am Theater selbst zum Regisseur macht, muß eine Runde ausgeben«, sagt sie mit hochrotem Kopf und zum allgemeinen Vergnügen. Nachmittags läuft sie in die Stadt und kauft für ihr wöchentliches Taschengeld, das sie vorzeitig von der Direx losgeeist hat, eine Riesentorte für alle. Fortan hütet sich Liza, der Eule dauernd ins Wort zu fallen und ist endlich bereit, sich deren Vorschläge anzuhören.

Von Probe zu Probe wird deutlicher, daß das Stück ein Erfolg werden wird. Die beiden Räuber, die dem Katherlieschen das Geld abzuknöpfen haben, machen ihre Sache großartig. Es sind zwei Mädchen, die wesentlich älter sind als die übrigen Mitspielerinnen, und eigentlich fühlen sie sich viel zu erwachsen, um irgendwelche Gedanken an Jüngere zu verschwenden, aber zum Glück vergessen sie solche Überlegungen in der Freude des Spiels, und zuweilen vergessen sie sogar, daß sie bereits vierzehn Jahre alt sind. Der Gärtner, ansonsten wortkarg und nicht gerade freundlich, hat sich selbst übertroffen. Er hat ein Kostüm für Frieder herbeigeschafft und eine alte Heugabel aufge-

trieben, wie man sie gar nicht mehr hat und die allein schon »für Gelächter sorgen wird«, wie es die Eule glücklich ausdrückt.
Neuerdings erwischt Liza sich oft bei einem ausführlichen Tagtraum. Vati und Mutti sind heimlich zur Aufführung gekommen. Sie sitzen einträchtig nebeneinander und sind das schönste Ehepaar, das die Welt je gesehen hat, und natürlich können sie es gar nicht fassen, daß ihre einzige Tochter eine so begabte Schauspielerin geworden ist.
»Ein solches Kind muß gefördert werden«, sagt Vati, wobei Mutti ihm beipflichtet und mit ihren großen Augen wie die himmlische Jungfrau auf Kirchenbildern aussieht. »Ja«, flötet sie mit glockenheller Stimme, »für unsere Liza ist die beste Ausbildung gerade gut genug«, und dann beschließen die Eltern, ihren Beruf aufzugeben und nur noch für Liza dazusein.
Wenn Liza an diesem Punkt ihres kitschigen Zuckerwattetraums angekommen ist, pflegt sie sich kurz zu fragen, wovon sie wohl alle leben werden, wenn die Eltern ihren Beruf aufgegeben haben und keine Gagen mehr bekommen, aber natürlich erhält Liza so viel Geld für eine einzige Rolle wie andere im ganzen Leben nicht. Von Rolle zu Rolle, von Film zu Film (sie ist mittlerweile nach Hollywood gegangen) wird Liza berühmter und reicher, aber sie bleibt stets ein ganz bezauberndes, unendlich bescheidenes und von allen geliebtes Mädchen, das immer klüger, aber nie älter wird. Würde nämlich die berühmte Liza älter werden, so wäre sie doch kein Kinderstar mehr.
Leider stimmt an dem ganzen Traum, der täglich schöner und ausführlicher geträumt wird, nur eins – die Direx hat alle Eltern zur Aufführung eingeladen, und da es sich um den Tag vor den Ferien handelt, hofft sie, daß viele kommen werden. Einmal im Jahr, so findet die Direx, sollten

sich die Eltern ruhig Zeit nehmen, um sich die Welt näher zu betrachten, in der ihre Kinder leben.
Von den Proben schreibt Liza ihrer Mutter bemerkenswert wenig und ihrem Vater gar nichts. Vielleicht, weil sie sich ihre schönen Tagträume nicht verderben und sich die idealen Wunscheltern erhalten will. Schließlich können weder Vater noch Mutter nach Brixen kommen, wenn sie selbst auf der Bühne stehen müssen. Wo käme das Theater hin, wenn alle Schauspieler solche oder ähnliche Wünsche äußerten? Schließlich haben viele von ihnen Kinder, und viele dieser Kinder leben in Internaten.
Es ist wirklich seltsam, wie sachlich und vernünftig Liza plötzlich über Dinge nachdenken kann, die ihr noch vor kurzer Zeit als ein Schicksalsschlag erschienen waren, der nur sie getroffen hatte. Natürlich wäre es ihr lieber, wenn die Eltern alltägliche Berufe hätten und zusammen leben würden, aber sie empfindet nicht mehr jene nagende Bitterkeit, wenn sie auf Dinge verzichten muß, die für andere Kinder selbstverständlich sind. Allerdings wäre Liza doch sehr glücklich, wenn ihre Mutter endlich auf die Frage antworten würde, ob Jenny mit nach Hamburg darf.
Maja May hat in zwei Tagen Premiere. Dann wird die »Geliebte Hexe« zum ersten Mal gespielt. Es ist das erste Stück, das nach den Schauspielferien herauskommt, und natürlich haben alle Mitwirkenden Lampenfieber und sind überzeugt, daß sie noch nie so schlecht waren und daß sie alle ausgebuht werden. »Mein Lampenfieber wird täglich schlimmer«, teilt sie Liza mit. Die Worte stehen auf einer Weihnachtskarte mit brennendem Tannenbaum und goldenbeflügelten Engeln. Da merkt Liza sofort, daß das mit dem Lampenfieber nicht übertrieben ist, denn ihre Mutter pflegt ansonsten Postkarten besonders sorgsam auszusuchen.

»Die ist ganz schön weggetreten«, erklärt Liza, als sie Jenny die Karte zeigt.
Jenny seufzt. Sie stellt es sich wunderschön vor, eine Mutter zu haben, die lustig genug ist, im Oktober Bilder von brennenden Weihnachtsbäumen zu verschicken. »Du weißt gar nicht, wie gut du es hast, Liza«, sagt sie leise.
Am nächsten Morgen geht Liza zur Direx. »Darf ich meiner Mutter telegrafieren?«
»Was ist los?«
»Sie hat morgen Premiere.«
»Und da willst du sie mit einem Telegramm aufregen?« fragt die Direx verständnislos.
Liza schüttet sich aus vor Lachen. »Ich will«, sagt sie lachend, »ihr doch nur ein Wort telegrafieren. Drei Silben. Toi-toi-toi«, erläutert sie langsam, als spreche sie mit einem begriffsstutzigen Kind.
»Sehr vielsagend«, gibt die Direx mit ernstem Gesicht zu verstehen. »Bedeutet das etwas, oder ist das der Stil deiner künftigen Aufsätze? Ich höre, du bist in letzter Zeit sehr redselig.«
Liza überhört die Anspielung. »Toi-toi-toi sagt man am Theater vor der Premiere. Wenn einer ›viel Glück‹ sagt, bringt das Unglück. Dann geht alles schief.«
»Wenn wir dich nicht hätten, würden wir nie erfahren, wie's im Leben zugeht«, sagt die Direx.
Maja May bekommt das Telegramm am Premierenabend überreicht. Sie sitzt bereits in ihrer Garderobe. Erst erschrickt sie, als sie sieht, daß es aus Brixen kommt, und dann weint sie ein paar gerührte Tränen, als sie liest, was Liza telegrafiert hat. Die Tränen bringen die ganze schöne, sorgsam aufgetragene Schminke durcheinander. Da sie mit zwei schwarzen Bächen, die von den Augen zum Kinn rinnen, nicht auf die Bühne kann, fängt Maja May noch ein-

mal mit dem Schminken an. Der Siamkater schaut mit der gewohnten Verachtung zu. »Mistvieh«, sagt die Schauspielerin. Es klingt zärtlich, und so überhört der Kater auch stolz die Beleidigung, die von den Worten ausgeht, und hält sich an den Ton. Er schnurrt vergnügt und läßt sich herab, mit seiner Pfote den Lippenstift vom Tisch zu fegen. »Es ist das erste Mal, daß Liza von einer meiner Premieren Notiz genommen hat«, sagt Maja May, ergreift den Kater und stürzt auf die Bühne.

Am nächsten Tag schickt sie ein Telegramm an Liza. »Verdammter Kater erhielt den ganzen Auftrittsapplaus.«

Das stimmt nicht ganz, denn für alle Beteiligten und besonders für Maja May in der Hauptrolle wird die »Geliebte Hexe« ein Riesenerfolg.

15. Kapitel

Was einem so alles einfällt, wenn man hoch oben in einem Apfelbaum sitzt – Die ungeklärte Angelegenheit mit Luis – Jenny wird unerwarteterweise mutig und bringt Liza dazu, sich selbst zu überwinden – Ein Gedicht, ein Buch und die Versöhnung

Auch wer keinen Sinn für Schönheit hat, muß zugeben, daß der Schulgarten zur Zeit ein Paradies ist. Die Feuerlilien leuchten rot, die Stockrosen stehen Spalier am Zaun, Schmetterlinge lassen sich im Wind treiben, und die Apfelbäume ziehen alle Blicke auf sich. Die Früchte sind so schwer, daß sie die Zweige fast bis zur Erde drücken, und so rot, wie man sie sonst nur auf Weihnachtskarten sieht.

Brummend hat der Gärtner drei Bäume für die Mädchen zum Plündern und Klettern freigegeben. Er hofft so, die anderen vor den gierigen Griffen retten zu können. Womit er beweist, daß er noch nie von den verbotenen Früchten gehört hat, die am besten schmecken. Überall, in den Gängen, im Schlafsaal und natürlich auch beim Unterricht, sieht man Äpfel kauende Schülerinnen.

Liza sitzt hoch oben im Apfelbaum. Es ist einer der schönsten im Garten, und selbstverständlich hat ihn der Gärtner nicht freigegeben. Liza aber ist der Meinung, Disziplin müsse Grenzen haben. Sie kann sich nicht denken, daß es die Welt erschüttern wird, wenn sie einen Apfel vom verbotenen Baum pflückt. Eva im Paradies hat ähnlich gedacht, woran Liza ihrerseits keine Gedanken verschwendet. Ihr macht es einfach Spaß, Dinge zu tun, die ihre Mitschülerinnen freiwillig unterlassen.

Meistens aber sitzt Liza im verbotenen Baum, weil sie

allein sein will, aber das würde sie nie eingestehen. Eigentlich hat sie allen Grund zufrieden zu sein, aber sie ist es trotzdem nicht. Die Proben zum »Katherlieschen« machen ihr Spaß, und erst recht macht es ihr Freude, im Mittelpunkt zu stehen und bewundert zu werden. Seitdem sie von ihrer Mutter und deren Schauspielerei erzählt hat, sind alle Lügen überflüssig geworden. Vati schreibt regelmäßig aus Wien und hat versprochen, sie zu besuchen, sobald er kann – entweder in der Schule oder zu Hause. Ihr Zeugnis wird trotz des einen mißratenen Aufsatzes gut ausfallen, denn sie gehört zu den Besten der Klasse. So oder so wird sie die Ferien mit Jenny verbringen; das hat sich Liza fest vorgenommen. An diesem Punkt ihrer Überlegungen angelangt, grübelt Liza zum wiederholten Mal, weshalb ihre Mutter so gar nicht auf den Wink mit dem Zaunpfahl reagiert hat, Jenny nach Hamburg einzuladen.
Noch etwas plagt Liza ebensosehr wie der unbeantwortete Brief: der Krach mit Luis. Sie möchte sich so gern mit ihm aussöhnen, aber sie hat keine Ahnung, wie sie das anstellen soll. Schon vor Wochen, als sie noch krank war, hat sie eine Karte an Tante Rosel geschrieben und Luis grüßen lassen. Das war ihr Friedensangebot, aber Luis hat es nicht angenommen und weiter geschwiegen. Jetzt müßte er schon längst wieder zu Hause sein, und Liza könnte ihn besuchen wie früher, aber sie hat sich vorgenommen, erst dann zu Frau Emmy zu gehen, wenn Luis etwas von sich hören läßt. Das hält sie für Stolz, aber merkwürdigerweise macht es ihr überhaupt keinen Spaß, stolz zu sein.
Wer bereits in der Stimmung zum Grübeln ist, braucht auch nicht lange auf weitere trübe Gedanken zu warten. Da hilft auch der vierte Apfel nichts, den Liza in sich hin-

einstopft. Unzufrieden sinniert sie darüber nach, wie anders das Leben in Büchern als in der Wirklichkeit ist. In Büchern haben Kinder immer Vater und Mutter. Sind sie im Internat, freuen sie sich schrecklich auf die Ferien, und schon wochenlang vorher zählen sie die Tage, bis sie die Schule verlassen können. Es ist übertrieben zu behaupten, daß Liza sich auf die Ferien freut. In der Schulzeit kommt sie sich nicht anders vor als andere Mädchen, aber die nahenden Ferien machen ihr doch deutlich, daß sie kein Elternhaus im üblichen Sinn hat. Es sind wieder die alten, eigentlich inzwischen schon etwas vergessenen Gedanken, die sie quälen.
Seufzend klettert Liza aus dem Apfelbaum. Sie empfindet noch nicht einmal Schadenfreude, als sie den Gärtner kommen sieht und sich flach ins Gras werfen muß, um nicht von ihm entdeckt zu werden. Sie macht sich daran, Jenny zu suchen, was eine langwierige Angelegenheit wird, denn Jenny ist dort, wo sie am freien Samstag absolut nicht hingehört – in der Schlafstube. Die Freundin sieht aus, als hätte sie geweint.
»Was wollen wir machen?« fragt Liza und tritt den Schrank.
»Früher sind wir samstags immer zu Frau Emmy gegangen.«
»Früher«, erwidert Liza in einem gedehnten Ton, als seien Besuche bei Frau Emmy nur etwas für Kleinkinder.
»Mir fehlt sie. Auch die Tiere würde ich so gern wiedersehen.«
»Ich nicht«, knurrt Liza. Ihr kommt es vor, als müßte sie ständig im Kreis herumlaufen. Dabei haßt sie doch alle Spiele, bei denen solches geschieht. Noch einmal tritt sie nach dem Schrank und stellt sich dabei genußvoll vor, es handele sich um Luis.

»Luis ist wieder da«, sagt Jenny, als könnte sie Gedanken lesen.
»Woher weißt du das?« fragt Liza verblüfft. »Schreibt ihr euch neuerdings Liebesbriefe?« Es soll scherzhaft klingen, aber es gelingt nicht ganz.
»Ja«, Jenny lacht, »er hat mir geschrieben, daß die Sau bald ferkelt.«
»Dir?« fragt Liza wütend.
»Ja, warum denn nicht?«
»Weshalb hast du mir das verschwiegen?« wettert Liza. Sie benimmt sich wie eine Frau im Film, der man gerade den Mann weggeschnappt hat. Sie merkt es selbst und hofft sehr, Jenny möge es nicht auffallen.
»Ich habe doch die Karte erst vor einer Stunde bekommen, und da warst du nicht da.«
»Ich geh mal nachschauen, ob ich auch Post hab«, sagt Liza und probiert, mit den Hüften zu wackeln. So etwas hat sie neulich im Kino gesehen, und es hat ihr mächtig imponiert.
»Ich hab schon für dich nachgeschaut. Es ist keine Post da.«
Der ruhige Ton der Freundin macht Liza rasend. Sie stürzt aus dem Zimmer, als müßte sie vor einem Brand flüchten, knallt die Tür hinter sich zu, geht Bello suchen und weint mal wieder sein Fell naß. Dann kommt sie zurück, als wäre nichts geschehen. Jenny sitzt immer noch am Fenster, und nun sieht man genau, daß auch sie geweint hat.
»Tut mir leid«, entschuldigt sich Liza betreten, »daß ich mich so dämlich benommen hab. Es ist nur …« Sie schluckt fest, und auf einmal ist sie dabei, Jenny alles zu erzählen von der Unglücksnacht, wie sie von Luis beschimpft worden ist, nachdem sie in Bergnot geriet, und wie er auch am folgenden Tag nichts von ihr wissen wollte.

»Vielleicht hat er das alles getan«, überlegt Jenny, »weil sein Vater in den Bergen umgekommen ist. Als er sah, was dir passiert war, hat er vielleicht wieder daran denken müssen.«
»Das hab ich mir noch gar nicht überlegt.«
Die Direx würde jetzt bestimmt sagen: »Du hältst dich selten mit vielen Überlegungen auf, Liza«, aber Jenny ist zum Glück von sanfter Natur und viel zu schüchtern, solche Wahrheiten auszusprechen. Sie meint nur: »Weshalb gehen wir nicht trotzdem wieder zu Frau Emmy? Sie hat ja mit all dem nichts zu tun.«
»Nie.«
»Du hast Angst, Liza, das ist es. Du hast einfach Angst, Luis wird wieder nicht mit dir sprechen. Mir ginge das genauso.«
Liza ist gerade dabei, noch einen Wutanfall zu bekommen. Sie möchte wie Rumpelstilzchen mit einem Bein aufstampfen und gleichzeitig wie eine Diva aussehen, die die Welt zu Gehorsam auffordert. Zum Glück siegt aber diesmal ihr Verstand. Kaum hörbar gesteht sie: »Ja, ich habe Angst.«
»Wenn wir jetzt loslaufen und uns beeilen, dann schaffen wir es noch bis zum Mittagessen«, lockt Jenny. Sie ist über sich selbst erstaunt, denn selbständige Vorschläge sind bisher nicht ihre Art gewesen. Vollkommen sprachlos aber wird sie, als Liza wortlos aufsteht und sich zum Aufbruch bereit macht. »Ich geh nur noch der Eule Bescheid sagen«, sagt sie dann und lacht glücklich.
Seitdem die beiden Mädchen das letzte Mal zu Frau Emmy gegangen sind, ist aus dem heißen Sommer ein warmer Herbst geworden. Am Rande des Weges liegen überall Falläpfel. Das Gras hat braune Spitzen bekommen, die Kühe sind von der Alm heruntergetrieben worden und ge-

nießen die warme Sonne, aber manchmal beißt schon der Wind. Er erinnert, daß es bald Winter werden wird. Der Schwalbenschwarm am Himmel sieht aus wie ein großes Flugzeug.
»Sie kommen von zu Hause«, sagt Jenny, die viel von den Gewohnheiten der Vögel weiß und gern Bücher über Naturkunde liest. Es schwingt viel Sehnsucht in ihrer Stimme, als sie »zu Hause« sagt.
Im heißen Sommer war es mühsam, den Berg zu Frau Emmys Hof heraufzukommen. Jetzt laufen die Füße wie von selbst. Liza ist das schnelle Vorwärtskommen gar nicht so recht. Manchmal bleibt sie stehen und tut dann so, als müßte sie einen der Äpfel ganz sorgsam anschauen wie im Zeichenunterricht. Dann betrachtet sie ihn von allen Seiten und wirft ihn schließlich angeekelt in die Ferne, aber trotz solcher Verzögerungen, die Jenny durchschaut, kommen die beiden rasch ans Ziel.
Der kleine Michael sieht die beiden Mädchen als erster. Er kündigt sie mit einem weithin hörbaren Freudengeschrei an, und Frau Emmy kommt aus dem Haus gelaufen, als gelte es, eine große Katastrophe zu verhindern. Sie hat ihre große Schürze an und ein riesiges Fleischmesser in der Hand; wer nicht Bescheid weiß, könnte annehmen, sie wollte auf der Stelle ihre beiden Besucher schlachten.
Mit dem Messer in der Hand kommt sie den beiden Mädchen lächelnd entgegen. »Schön, daß ihr wieder da seid«, sagt sie, und dann gehen alle drei ins Haus, gefolgt von einem aufgeregten Huhn, das sich offenbar über jede Abwechslung freut und so gar keine Ahnung zu haben scheint, wofür Bauersfrauen große Messer brauchen.
Luis sitzt gerade am Tisch. Er starrt interessiert in seine Suppenschüssel, als könnte er dort einen goldenen Schatz

statt Nudeln entdecken. In der Hand hat er einen Fladen, das harte, flache, runde Brot der Gegend. Obwohl Liza so gar nicht weiß, wie sie sich verhalten soll, erwischt sie sich doch bei der Vorstellung, daß Luis den Fladen wie einen Bumerang quer durch das Zimmer schleudern könnte.

Was Luis eigentlich sagen will, werden Liza und Jenny allerdings nie zu hören bekommen. Sie sehen nur, wie Frau Emmy ihrem Sohn einen Blick zuwirft, der teils wie eine Bitte und zum anderen wie eine Drohung wirkt, worauf Luis endlich den Kopf aus der Suppenschüssel bekommt. Er lehnt sich in seinem Stuhl zurück, krempelt die Ärmel hoch, als müßte er boxen, und sagt gelassen: »Wann treffen wir drei wieder zusamm'?«

Frau Emmy und Jenny schauen Luis an, als hätte er den Verstand verloren, aber Liza hat natürlich sofort begriffen. Sie bemüht sich um ein ebenso gleichgültiges Gesicht wie Luis und zitiert: »Um die siebente Stund', am Brückendamm.«

Als wäre nichts geschehen, kommentiert Luis den bemerkenswerten Satz mit »Guten Appetit«. Frau Emmy und Jenny schauen immer noch reichlich verblüfft aus, aber Jenny ist zu schüchtern, um Fragen zu stellen, und Frau Emmy hat zuviel zu tun, ihre hungrigen Gäste zu versorgen.

Erst gibt es Suppe und dann Kuchen, und man könnte meinen, die Dolomitenschule sei ein Ort, an dem man Kinder hungern läßt. Wer so viel ißt, kann ohnehin nicht reden, und Liza überlegt, daß sie noch nie ein so schönes Schweigen erlebt hat. »Schönes Schweigen«, meint sie, worauf Luis sich an den Kopf faßt, natürlich so, daß es die Mutter nicht sieht, und sich ganz leicht an die Stirn tippt.

Erst viel später, als Frau Emmy in den Stall gegangen ist und Jenny ihre lang vermißte Katze suchen geht, die inzwischen fünf Junge bekommen hat, wagt Liza die Frage, die sie so sehr beschäftigt wie schon lange nichts mehr.
»Woher kennst du das Gedicht?«
»Rat mal!«
»Von der Schule.«
»Dann hätt ich's doch nicht aufgesagt«, meint Luis angeekelt.
»Ich hab wirklich keine Ahnung…«
»Aus dem Buch von deinem Vater.«
»Er hat dir ein Buch geschickt?« staunt Liza. »Woher wußte er denn deine Adresse?«
»Weiß ich nicht«, erwidert Luis und macht eine Schublade auf. Er holt ein Bild heraus. Lizas Vater ist im Kostüm vom spanischen König Philipp abgebildet, und unter das Foto hat er als Widmung geschrieben: »Zur Erinnerung an die schönen Stunden in der Enzianhütte.« »Das kam zusammen mit dem Buch«, erklärt Luis.
»Mir hat er das gleiche Buch geschickt, aber kein Foto.«
»Vielleicht, weil du keine Schauspieler magst«, erinnert sich Luis, und stolz fügt er hinzu: »Das war das erste Mal, daß mir einer ein Buch geschenkt hat.« Er berichtet, wie er sofort das Gedicht erkannt hat, das Lizas Vater an jenem Abend in der Enzianhütte aufsagte. Offenbar hat er es seitdem oft gelesen.
Es ist immer schwer zu sagen, weshalb man glücklich ist. Unglück und Traurigkeit lassen sich viel besser erklären als jene Stimmung, in der man laut jubeln möchte. Draußen scheint die Sonne, und Jenny quietscht vor Wonne, weil die Katze sie mit ihren Jungen spielen läßt. Luis und Liza aber haben keinen Blick für das schöne Wetter. Sie sitzen in der Stube und sagen immer wieder das Gedicht

von Fontane auf. Sie verstehen es freilich nicht ganz, aber es macht ihnen einfach Spaß, stets die gleichen Worte zu wiederholen, und mit der Zeit bekommen sogar einige von ihnen einen Sinn.

»Tut mir leid, daß ich so wütend war an jenem Abend«, sagt Luis später.

»Mir tut's leid, daß ich in die Berge gelaufen bin; ich weiß heute selbst nicht mehr, wie das gekommen ist«, erwidert Liza.

So viele Worte ist Luis nicht gewöhnt. »Quasselziege«, sagt er brummig. »Komm, ich zeig dir die Sau, die bald ferkelt. Die Leut' aus der Stadt sehen so etwas immer wieder gern.«

»Du sollst mich nicht so nennen«, fordert Liza. Als Luis sie verständnislos ansieht, fährt sie fort: »Eines Tages bleibe ich ganz hier.« Die Idee ist ihr soeben gekommen. Vielleicht, weil sie sich über Luis ärgert.

»Und heiratest einen Bauer.«

»Warum nicht?«

»Dann lernst du den Stall ausmisten und Hühner schlachten. Und Kartoffeln pflanzen.«

»Ja«, bestätigt Liza. Sehr überzeugend klingt es nicht, und sie findet, es sei Zeit, das Thema zu wechseln. »Luis, kommst du eigentlich zu unserer Aufführung?«

»Klar.«

»Wie schön. Danke!«

»Meine ganze Schule kommt doch«, erklärt Luis. »Machst du eigentlich auch mit?«

»Ein bißchen«, lügt Liza zufrieden. Übertrieben hat sie zwar oft, untertrieben noch nie. Ihr wird bewußt, daß sie sich nun richtig auf die Aufführung freut. Luis und seine Mutter werden da sein, und das ist doch wenigstens etwas, auch wenn die Eltern sie nicht sehen werden. Es ist schön,

wenn man Freunde hat, und noch schöner ist es, sich nach einem großen Krach wieder auszusöhnen. »Du, Luis, fast wäre ich nie mehr hierhergekommen.«
»Hab ich mir gedacht. Deshalb hab ich ja an Jenny das von der Sau geschrieben«, antwortet Luis trocken, aber Liza tut ihm nicht den Gefallen, noch eine Frage zu stellen.

16. Kapitel

Eine furchtbare Nachricht – Parole Bello und die Folgen – Liza läßt sich um den Finger wickeln – Von der Schwierigkeit, eine Heilige zu sein – Begegnung im Schuppen – Ein Bernhardiner wird zum Rindvieh – Die Eule ist eine schreckliche Schauspielerin

Auf dem großen Platz vor der alten Kirche mit den weißen Mauern herrscht seit Tagen Hochbetrieb. Dort steht bereits die Bühne für den umsichtigen Bauern Frieder, der unvorsichtig genug gewesen ist, eine so törichte Frau wie das Katherlieschen zu heiraten. Die vielen Stühle lassen den Schluß zu, daß man die gesamte Bevölkerung der Stadt und viele auswärtige Gäste erwartet. Überall, beim Friseur und beim Metzger, in den engen Gassen, an den Geschäftstüren in den dunklen Lauben und in den Lokalen, hängen die kunstvoll gestalteten Plakate, die auf die Aufführung der Dolomitenschule hinweisen. Sie erregt in diesem Jahr besonderes Interesse.

Bisher sind nämlich nur die alljährlichen Theaterabende von den älteren Schülerinnen produziert worden. Meistens waren sie äußerst eindrucksvoll, und alles klappte wie am Schnürchen – besonders die stets wiederkehrende Gewohnheit der jüngeren Zuschauer, schon während des ersten Aktes einzuschlafen oder den Vordermann zu ärgern. Die klugen jungen Damen der oberen Klassen hatten nämlich etwas am Theater sehr Unverzeihliches getan – sie hatten ihr Publikum eingeschläfert, und Langeweile am Theater ist noch schlimmer als Langeweile während des Schulunterrichts. Einmal fand sogar eine Aufführung in französischer Sprache statt, und die gefiel ausschließlich den Eltern der mitwirkenden Mädchen. Die übrigen Zu-

schauer wurden erst wach, als am Schluß geklatscht wurde. Selbst die Direx soll gegähnt haben.
Diesmal wird alles anders. Das Märchen vom Frieder und dem Katherlieschen ist bekannt. Außerdem haben die Lehrer es in den unteren Klassen der Brixener Volksschule vorlesen lassen. Etwas auf der Bühne zu sehen, das man bereits kennt, macht immer Freude.
Vollkommen überflüssig sind die besorgten Blicke zum Himmel und die Angst, das Wetter könnte im letzten Moment einen Strich durch die Rechnung machen. Es hat seit Tagen nicht geregnet, und ein besseres Wetter für eine Freilichtaufführung ist überhaupt nicht vorstellbar. Am Premierentag herrscht nicht nur in der Schule Hochstimmung, sondern auch in den Pensionen und Hotels der Stadt. Dort wohnen die Eltern, die ihre Töchter mit dem Wagen für die Ferien abholen wollen. In diesem Jahr sind sehr viele nach Brixen gekommen.
Besonders in Lizas Klasse geht es toll zu. Selbst Kinder, deren Eltern nicht gekommen sind und die am nächsten Tag mit der Bahn nach Hause fahren müssen, sind nicht traurig. Sie haben einfach keine Zeit dazu. Die Eule hat allen, ob sie mitspielen oder nicht, so viele Aufgaben übertragen, daß das allgemeine Stöhnen kein Ende nehmen will. Das Stöhnen ist freilich nicht ganz ernst gemeint – es macht einfach Spaß. Jedes Mädchen glaubt, ohne sein Zutun breche die Welt zusammen. Solche Gefühle stärken das Selbstbewußtsein, und genau das hat die Eule beabsichtigt. Niemand soll traurig sein, nur weil er nicht auf der Bühne stehen kann.
Jenny läuft mit leuchtendem Gesicht herum. Zusammen mit Doris soll sie Programme verkaufen und in der Pause Eis. Insgeheim findet Liza, das sei keine sehr ansprechende Aufgabe, aber sie hat in den letzten Wochen ge-

lernt, nicht alle ihre Gedanken laut auszusprechen. Offenbar ist Jenny mehr als zufrieden. Ständig summt sie eine Melodie, und manchmal, wenn sie sich unbeobachtet glaubt, kichert sie und schüttelt verwundert den Kopf. Dann sieht sie aus, als könnte sie dem Grund ihrer Fröhlichkeit absolut nicht trauen.

Mitten hinein in diese allgemeine Fröhlichkeit platzt die unangenehme Nachricht von der Eule. Es ist wie ein gewaltiger Donnerschlag; die Mädchen sind sprachlos.

»Bello ist verschwunden«, flüstert die Eule nervös. Ihr Gesicht ist rot, die Haare stehen ihr wirr vom Kopf.

»Wenn Liza das erfährt ...«, beginnt Jenny.

»Eben«, bestätigt die Eule, »dann kann sie bestimmt nicht spielen – sie hängt doch so an Bello.«

So kommt es zur »Parole Bello«. Die Mädchen, die von dem verschwundenen Hund wissen, nehmen sich vor, daß Liza absolut nichts erfahren darf. Außerdem werden sie ganz unauffällig nach Bello suchen. Das ist leichter gesagt als getan. Wie soll man einen Hund suchen, ohne ihn zu rufen und damit Aufmerksamkeit zu erregen? Und wie kann man Liza davon abhalten, in der ersten freien Minute, die sie hat, zu Bello zu gehen? Das pflegt sie schließlich immerfort zu tun. Manchmal vergißt sie ja ganz, daß Bello ihr nicht allein gehört. Es gibt nur einen Ausweg: Liza muß pausenlos beschäftigt werden, so daß sie überhaupt nicht auf die Idee kommt, nach Bello zu schauen.

Merkwürdigerweise ist Liza widerspruchslos mit jedem Vorschlag einverstanden, der ihr gemacht wird. Es ist genauso einfach sie zu beschäftigen, wie ein kleines Kind mit einem neuen Spielzeug. Die Mädchen sind stolz, wie gut es ihnen gelingt, die unruhige Liza, die sonst ständig auf dem Sprung ist, um den Finger zu wickeln.

»Mein Saum ist kaputt«, jammert Angela. »Ach, Liza, hilf mir doch, sonst schaffe ich's nie bis heute abend.«
»Selbstverständlich«, antwortet Liza liebenswürdig, obwohl sie sonst so ungern näht, daß sie für ihre eigenen Säume, die aufgegangen sind, jede Menge Sicherheitsnadeln braucht.
»Liza, hilfst du mir, das Bühnenbild zu malen?« bittet Margret. »An der Wiese fehlt noch etwas.«
»Gern«, erklärt Liza und verzichtet auf den Hinweis, daß sie nichts so sehr haßt, wie einen Pinsel in die Hand zu nehmen.
»Kannst du nicht mal mit mir die Programme zählen?« schlägt Jenny vor, die noch nie sehr viel Phantasie gehabt hat.
»Klar«, sagt Liza bereitwillig und unterdrückt die Bemerkung, daß die Programme erst am Vortag gezählt worden sind.
Mit der Zeit werden Liza aber doch die ständigen Hilfsdienste lästig, um die sie gebeten wird. Ihr steht die Rolle einer Heiligen nicht, die weder eine eigene Meinung noch eigene Wünsche hat. »Darf ich mich ein bißchen hinlegen gehen?« fragt sie nach dem Mittagessen die Eule.
Die Eule schaut Liza mißtrauisch an. Liza gehört nicht zu den Mädchen, die sich bei Tag freiwillig ins Bett legen. Zudem würde sie, wenn sie das Bedürfnis danach hätte, niemals um Erlaubnis fragen, sondern einfach in den Schlafraum gehen. Hat Liza etwa schon gemerkt, was los ist? Will sie nur den anderen den Spaß nicht verderben? Die Eule grübelt gerührt, daß Liza ein tapferes und uneigennütziges Mädchen geworden ist. Die Dolomitenschule hat ihr gutgetan. Sie hat gelernt, nicht sofort ihren Ängsten, Wünschen und Regungen nachzugeben. Die Gemeinschaft ist ihr wichtiger geworden als

die eigene Person. »Bist ein tapferes Mädchen, Liza«, sagt die Eule.
»Warum?« fragt Liza.
»Das weißt du ganz genau«, die Eule zwinkert ihr zu, »und nun geh dich hübsch ausruhen, mein Kind. Dann bist du heute abend in Form.«
So müde hat Liza noch nicht einmal unmittelbar nach ihrer Krankheit gewirkt. Sie sieht herzzerreißend aus, wie sie sich davonschleicht. Sie spürt die mitleidigen Blicke der Eule, und dann schiebt sie ihren Körper ganz langsam in Richtung Schlafraum, als würde sie die letzten paar Schritte nicht mehr schaffen.
Kaum aber, daß Liza die Tür hinter sich geschlossen hat, ist sie vollkommen verwandelt. Hellwach ist ihr Gesicht, als sie sich im Spiegel zugrinst und sich selbst die Zunge herausstreckt. Von Erschöpfung ist nicht mehr die geringste Spur zu merken. Wäre die Eule mit Liza in den Schlafraum gegangen, hätte sie am eigenen Verstand gezweifelt. Geschickt wie ein Affe, der seinem Wärter ausgerückt ist, klettert sie durch das Fenster. Lautlos läßt sie sich im Garten zu Boden fallen.
Liza braucht sich nicht besonders in acht zu nehmen. Niemand wird sie sehen. Die Mädchen sind alle mit den Aufgaben beschäftigt, die die Eule ihnen übertragen hat, und außerdem nutzen sie die Gelegenheit, jetzt, da Liza außer Hörweite ist, in Ruhe nach Bello zu suchen und laut nach ihm zu rufen. Er bleibt aber verschwunden.
Liza klettert über den Gartenzaun. Rasch läuft sie ungefähr zehn Minuten lang durch ziemlich dichtes Gestrüpp und gelangt dann zu einem Schuppen, der auf einem nicht mehr bewirtschafteten Bauernhof steht. Leise öffnet sie die Tür.
Bello springt mit einem Freudengeheul heraus, als wäre er

wochenlang gefangengehalten worden. Er jault und verfängt sich mit der rechten Pfote in Lizas Haar und muß erst umständlich wieder befreit werden. Auf einem Heuhaufen sitzt Luis und grinst.
»Der Kidnapper«, Liza kichert. »War's schwer, Bello zum Mitgehen zu bekommen?«
»Überhaupt nicht«, antwortet Luis, »der kommt doch überallhin, wenn man ihm nur einen Wurstzipfel hinhält.«
Das kränkt Liza. Schließlich deutet Luis ja an, daß Bello alle Menschen liebt, und von einem Hund wird ja allgemein verlangt, daß er nur einem Herren dient. Liza ist indes ehrlich genug, sich einzugestehen, daß Bellos Charakterstärke immer dort aufhört, wo sein Appetit beginnt. Außerdem hat sie nicht vor, sich die gute Laune verderben zu lassen. Belustigt und sehr ausführlich berichtet sie, wie alle versucht haben, sie von Bellos Verschwinden abzulenken.
»Warum machen die denn bloß so ein Theater?« will Luis wissen. Sein sachliches Naturell kann sich keinen Grund der Welt vorstellen, um so viel Geheimniskrämerei und Aufregung zu rechtfertigen. »Wegen einem verschwundenen Hund muß man doch nicht verrückt spielen«, sagt er, »selbst Bello würde von allein nach Hause finden.«
»Die haben doch Angst um mich«, erläutert Liza.
»Um dich?«
»Ja, daß ich mich so aufrege und heute abend nicht spielen kann.«
»Und vielleicht wieder in die Berge rennst und gerettet werden mußt«, sagt Luis, was Liza als sehr unfeine Anspielung empfindet.
»Dabei gibt es das bei Schauspielern gar nicht«, erklärt sie.
»Was?«

Daß sie plötzlich nicht spielen, nur weil irgend etwas passiert ist, was sie aufgeregt hat. Die treten auf, egal, was kommt. Die legen einfach ihren Kummer oder ihre Freude in eine Schublade und holen erst nach der Vorstellung alles wieder heraus. Das hat Vati mir mal gesagt.«
»Schauspieler«, antwortet Luis bedächtig, »gefallen mir.
»Nicht immer«, schränkt Liza ein. Sie denkt flüchtig daran, daß ihre Mutter den letzten Brief nicht beantwortet und ihr statt dessen das Geld für eine Fahrkarte nach Hamburg geschickt hat. Das hat Liza, obwohl sie es nicht vor sich selbst zugeben wollte, doch sehr gekränkt, aber sie hat beschlossen, einfach erst nach der Aufführung daran zu denken.
Würde Bello nicht aus achtzig Kilo Gutmütigkeit bestehen, würde er in den nächsten Stunden bestimmt protestieren. So aber läßt er alles mit sich machen, brummt zufrieden, wenn Luis ihm ein Lineal zwischen die Ohren und Liza ihm eine Glocke um den Hals legt. »Das ist ja überhaupt kein Hund«, Luis lacht, »der hat sich ja nur als Hund verkleidet.« Er ist nun allerdings seinerseits dabei, Bello zu verkleiden. Er hat ein paar Hörner mitgebracht, die mal einem Rehbock gehörten und die nun aus Bello eine Kuh machen sollen.
Die Beschäftigung, aus Bello eine Kuh zu machen, ist äußerst erheiternd. Manchmal sieht es aus, als würden Luis und Liza ersticken – so viel müssen sie lachen. Statt dessen erstickt Bello an einer Leberwurst. Luis hat ein Prachtexemplar von einer Wurst aus der Speisekammer seiner Mutter verschwinden lassen. Irgendeinen Lohn für seine Geduld will nämlich auch Bello haben. Er frißt die Wurst so gierig in sich hinein, als traute er dem Frieden solcher unvermuteter Geschenke nicht, und anschließend muß er zum Bach geführt werden, damit er wieder zu sich kommt. Das

kostet Zeit, und danach heißt es, sich zu beeilen, wenn Bello zu einer ansehnlichen Kuh werden soll.
»Wann treffen wir drei wieder zusamm'«, zitiert Liza, aber diesmal sagt Luis nicht, wie es sich für den Kenner des Gedichts gehört: »Um die siebente Stund', am Brückendamm.« Statt dessen erklärt er Liza einen genauen Plan, der ebensoviel Sorgfalt wie Phantasie verrät. Genau zu Vorstellungsbeginn wird Luis mit Bello erscheinen. Da sind die Lichter schon aus, und das Publikum schaut nur in Richtung Bühne. Bello wird dann unter dem kleinen Wohnwagen angebunden werden, der den mitspielenden Mädchen als Garderobe dient. Liza kann ihn dann in aller Ruhe holen, wenn sie im zweiten Akt mit der Kuh aufs Feld ziehen muß.
»Wie willst du denn ungesehen bis zum Wohnwagen kommen?« fragt sie voller Zweifel.
»Wir warten im großen Hof vor der Kirche.«
»Wird der nicht abgeschlossen, wenn's dunkel wird? Wie willst du da reinkommen?«
»Ich hab doch den Schlüssel. Ich bin ja Ministrant«, erklärt Luis.
»Was, du läufst immer im weißen Hemd hinter dem Pfarrer her?« fragt Liza. Sie ist äußerst beeindruckt. »Schade, daß ich dich noch nie gesehen hab.«
»Mußt mal früh aufstehen. Der Gottesdienst fängt an Wochentagen schon morgens um sechs an.«
»Das sagst du einen Tag vor den Ferien! Morgen muß ich nach Hamburg.«
»Hast ja nicht ewig Ferien«, tröstet Luis.
Bello muß mit einer weiteren Wurst entschädigt werden, als Liza sich verabschiedet. Erst wirkt er ein wenig unglücklich, aber dann nickt er ganz zufrieden, nachdem ihm Luis erklärt hat: »Die wird sich wundern, wenn sie das andere Geschenk sieht, das ich ihr mitbringe.«

Es ist genauso einfach, sich unbemerkt ins Schlafzimmer zurückzuschleichen, wie es war, sich davonzumachen. Vom Gang her hört Liza Schritte. Sie sitzt noch auf dem Fenstersims, läßt sich eilig fallen und legt sich ins Bett, mit Kleid, Schuhen und allem.
Da geht auch schon die Tür auf. »Na, Liza, wie geht's?« erkundigt sich die Eule teilnahmsvoll.
Liza gähnt sehr beeindruckend und reibt sich verschlafen die Augen. Es fehlt nur noch, daß sie so tut, als würde sie träumen und die Eule für eine Bergziege halten, aber das traut sie sich dann doch nicht. »Danke«, sagt sie artig, »so fest hab ich schon seit Ewigkeiten nicht mehr mittags geschlafen.« Es wird ihr nun aber doch zu langweilig, die folgsame, kränkelnde, übermüdete Liza zu spielen. Einen kleinen Scherz möchte sie doch wagen. »Hab geträumt«, sagt sie mit unschuldigem Augenaufschlag, »daß der Bello fortgelaufen ist. Komisch, was?«
»So ein Quatsch«, erwidert die Eule. Sie ist keine sehr gute Schauspielerin, aber Liza ist zu gut erzogen, um ihr das zu sagen. Wie käme sie auch dazu, die Eule aufzuregen?
Eins steht jedenfalls fest: Ob Liza Lampenfieber hat oder nicht, ihr Appetit ist gewaltig. Das Abendessen wird schon um sechs serviert, damit die Mädchen, die mitspielen, genug Zeit zum Umziehen haben, und die anderen sich rechtzeitig zum Kirchplatz aufmachen können. Von ihrer Mutter hat Liza gehört, daß Schauspielerinnen nie mit vollem Magen auf die Bühne gehen und erst nach der Vorstellung essen. Sie behaupten alle, sie könnten sonst nicht spielen. Liza aber hat nicht vor, sich danach zu richten. Es gibt eigentlich keine Tätigkeit, die Liza nicht mit vollem Magen verrichten könnte.
Die Köchin hat besonders guten Kuchen gebacken und so

schöne belegte Brote zurechtgemacht, wie es sie eben nur am Tag vor den Ferien gibt. Liza schaufelt riesige Mengen in sich hinein und wirkt so munter, als hätte sie vor, noch in der Nacht zu einer Bergtour aufzubrechen.

Ihren Mitschülerinnen schmeckt es längst nicht so gut. Sie sind erschöpft von der Suche nach Bello und dem Bemühen, Liza nichts davon merken zu lassen. Fassungslos schauen sie zu, wie gut es Liza schmeckt. Noch fassungsloser wären sie allerdings, wenn sie die Wahrheit ahnten.

17. Kapitel

Auftritt eines verschwundenen Hundes – Ein Kuchen quietscht – Die große Überraschung – Katherlieschen verstummt auf der Bühne – Liza hat sich wieder einmal getäuscht – Eine bestimmte Sorte Glück gibt es nur in Büchern – Wer hat sich verändert? – Eltern sind auch Menschen – Der Abschied

Der Bauer Frieder trägt eine grüne Hose, die weit genug ist, um zwei Sofakissen unterzubringen. Sein Hemd ist so blau, als hätte er ein Stück vom Himmel herausgeschnitten. Auf dem linken Ärmel hat seine Frau ein Loch mit einem gelben Stück Stoff geflickt. Offenbar findet Frieder das ganz in Ordnung. Stolz schaut er auf sein Katherlieschen.

Katherlieschen trägt einen sehr weiten, geblümten Rock mit vielen Rüschen. Bei schlechtem Wetter könnte sich eine ganze Hühnerschar um ihre Füße versammeln und würde durch den bauschigen Rock vor Nässe geschützt sein. Die Bluse hat breite lila und rosa Streifen, was offenbar typisch für Katherlieschens Geschmack ist. Sie schwärmt für ausgefallene Farbzusammenstellungen. Die Schürze ist grün, die Taschen darauf sind violett und mit großen Stichen angenäht. Katherlieschens Haare sind zu einem dichten Zopf nach oben gebunden, der vom Kopf wie eine Fernsehantenne vom Haus absteht.

Soeben wird der Vorhang für den zweiten Akt hochgezogen. Alles hat prima geklappt. Die kleine Sabine, die nur über die Bühne laufen soll und die Hühner zu rufen hat, ist allerdings, wie meistens, über ihre eigenen Füße gestolpert und in den Korb mit dem Hühnerfutter gefallen. Das Publikum, besonders die kleinsten Kinder in den vorderen

Reihen, ist begeistert. Kleine Kinder haben es am liebsten, wenn auf der Bühne jemand hinfällt. Eigentlich brauchte man ihnen überhaupt nichts anderes zu zeigen.

Die Generalprobe ist schlecht gelaufen. Alle, besonders die Eule, waren betrübt und überzeugt, daß auch bei der Vorstellung nichts klappen würde. Liza aber ist begeistert gewesen. Sie weiß genau, daß eine Generalprobe einfach schlecht zu laufen hat, wenn die Premiere gut werden soll. Das hat sie von ihrer Mutter gelernt, ehe sie überhaupt zur Schule kam.

Soeben hat Frieder das Katherlieschen um ein frisches Glas Milch gebeten. Er betont das Wort »frisch«, damit die Zuschauer genau merken können, wie sauer die Milch ist, die Katherlieschen sonst zu servieren pflegt.

»Gern, mein Friederchen«, lispelt Katherlieschen. Statt aber, wie jede Bauersfrau der Welt, die einen gesunden Verstand hat, in die Speisekammer zu gehen und dort Milch zu holen, stürzt Katherlieschen jammernd aus der Küche und ruft aufgeregt: »Ich muß sofort in den Stall!«

Sie bleibt so lange fort, daß Frieder immer nur abwechselnd auf seine Uhr schaut und dann bekümmert den Kopf schüttelt. Das ist viel schwerer zu spielen, als der Zuschauer ahnt. Allein auf der Bühne zu stehen und nichts sagen zu können und trotzdem das Publikum nicht zu langweilen, das sind Aufgaben, die erwachsene Schauspieler am meisten und mit Recht fürchten.

Die Zuschauer werden bereits unruhig und rutschen auf ihren Stühlen herum. Zum Glück kommt Katherlieschen endlich angekeucht. Was von nun an geschieht, passiert nicht sehr oft am Theater. Die Kinder in den vorderen Reihen springen erregt hoch und werden von ihren Hintermännern ebenso aufgeregt niedergebrüllt.

»Setzen!« hört man es aus allen Richtungen schreien. Die Kinder aus Lizas Klasse klatschen sich auf die Knie, fallen sich um den Hals und vergessen, daß sie schon recht betagte Damen von elf und zwölf Jahren sind. Die Eule vergißt, daß sie kein Kind mehr ist. Sie schreit »Hurra!« und wedelt mit den Armen.

Auf der Bühne steht Bello, der verschwundene und einen Nachmittag lang so vergeblich gesuchte Bernhardiner. Er ist der Star, und neben ihm kann sich noch nicht einmal der berühmte Fernsehhund Lassie sehen lassen. Bello steckt bis zum Hals in einem schwarzweiß gefleckten Fell, daß irgendwann einmal einer Kuh gehört hat. Auf seinem Kopf sind die Hörner eines Rehbocks festgebunden. Eine Glocke, wie sie die Kühe der Gegend tragen, baumelt um seinen Hals und bringt liebliche Töne hervor.

Es gibt wohl kaum einen Hund, der sich eine solche Verkleidung und dazu die Zumutung gefallen ließe, auf einer Bühne zu stehen und seine empfindlichen Ohren einem solchen Lärm auszusetzen. Bello aber ist kein gewöhnlicher Hund. Er genießt geradezu den Jubel, den Lärm und den Beifall, und wer weit genug vorne sitzt, kann sogar das Grinsen auf Bellos Gesicht entdecken.

»Der verschwundene Bello ist wieder da«, schreit es aus der Dunkelheit. Fast muß Liza lachen, was natürlich unverzeihlich für eine Schauspielerin wäre. Die hat nur an den Stellen zu lachen, die der Verfasser des Stücks zum Lachen freigegeben hat.

Erst als sich der Jubel um den verschwundenen Bello zu legen beginnt, nimmt Liza etwas aus dem Korb. Eigentlich soll es ein Kuchen für Frieder sein als Trost, daß er so lange auf die Milch hat warten müssen. Nun quietscht dieser Kuchen. Außerdem ist er rosa und äußerst zappelig.

Luis hat eben mehr Phantasie, als Liza ihm zugetraut hat. Als er Bello, wie verabredet, während des ersten Aktes unter dem Wohnwagen angebunden hat, hat er die Gelegenheit zu einem kleinen, aber sehr bedeutungsvollen Tausch wahrgenommen. Er hat den Kuchen aus Pappe gegen ein sehr lebendiges Ferkel ausgetauscht.
Das Ferkel ist offensichtlich viel zu jung für Bühnenerfahrungen, oder aber es hat etwas gegen das Theater im allgemeinen. Jedenfalls fängt es an zu quietschen, kaum daß es aus dem Korb gezogen wird. Die Geräusche sind so kläglich, daß Liza ratlos um sich blickt. Sie sucht Luis. Nicht, weil er ihr helfen soll, sondern weil er einen giftigen Blick verdient hat, und den soll er sich bis ans Ende seiner Tage merken. Als Liza aber Luis endlich erblickt, wird sie starr vor Schreck. Sie fühlt, wie ihre Knie weich werden, und ihr Herz klopft, als müßte es jeden Augenblick aus ihrem Körper springen.
Luis sitzt ungefähr in der zwölften Reihe. Zu seiner Linken sitzt Frau Emmy mit dem kleinen Michael auf dem Schoß. Auf der anderen Seite sitzt Maja May. Und was tut sie? Sie lacht und klatscht in die Hände wie ein Kind, das zum ersten Mal ins Theater darf und dort erlebt, wie eine gute Fee eine böse Hexe vertreibt.
Liza ist noch immer nicht fähig, sich zu rühren. Sie steht mit dem quietschenden Ferkel und dem grinsenden Bello da und hat Angst, daß sie in den nächsten Sekunden in Tränen ausbrechen wird. Deswegen also hat Mutti auf ihren Brief nicht geantwortet und ihr das Geld für eine Fahrkarte nach Hamburg geschickt. Maja May weiß eben sehr genau, wie man einen wirkungsvollen Auftritt inszeniert. Es sollte alles eine Überraschung sein. Und das ist es ja auch geworden.
Niemals hat Liza, auch in ihren kühnsten Träumen nicht,

damit gerechnet, daß ihre Mutter nach Brixen kommen würde. Natürlich hat sie ihre Wunschträume gehabt, und dann hat sie sich oft vorgestellt, ihre Eltern würden unter den Zuschauern sitzen, gleich in der ersten Reihe. Bei allem aber hat Liza doch immer gewußt, daß solche Wünsche nur sehr selten in Erfüllung gehen.

Sie hat ihrer Mutter noch nicht einmal etwas von der Aufführung geschrieben und daß sie die Hauptrolle übernommen hatte. In dieser Beziehung war Liza zu stolz. Sie wollte von Mutti keinen Absagebrief bekommen, und wenn diese nichts vom Katherlieschen wußte, dann gab es für Liza keinen Grund zur Traurigkeit. Sie hatte vor, sich nach der Aufführung mit dem Gedanken zu trösten, daß Mutti bestimmt gekommen wäre, wenn sie rechtzeitig von der Sache erfahren hätte. So umständlich denken eben nur Kinder, die ihren Eltern nicht trauen und ihnen vor allem nichts Gutes zutrauen.

Alle diese Gedanken gehen Liza blitzartig durch den Kopf. Man könnte meinen, sie stehe schon seit einer Stunde da oben und blicke die Zuschauer stumm an, aber tatsächlich ist noch keine halbe Minute vergangen, seitdem sie das Ferkel in die Höhe gehalten und Maja May unter den Zuschauern erblickt hat. Auf einmal scheinen sie alle verschwunden, Maja May, Frau Emmy und Luis. Hat denn Liza das alles nur geträumt? Fast erfaßt sie Panik, und sie möchte fortlaufen, runter von der Bühne, irgendwohin, aber dann hört sie eine einzige Stimme mitten im Lärm. »Weitermachen!« ruft Luis. Maja May klopft ihm anerkennend auf die Schulter.

Liza schämt sich, daß sie alles vergessen hat, selbst die Tatsache, daß sie auf der Bühne steht. Im Nu wird sie wieder das Katherlieschen.

»Ich hab dir deine Milch gebracht«, sagt das Katherlies-

chen zum Frieder, setzt sich auf einen Schemel und beginnt die »Kuh« zu melken. Bello wackelt mit dem Kopf. Es ist, als hätte ihm das einer beigebracht.
Viele Zuschauer finden, daß auch Liza ein sehr talentiertes Mädchen ist. Sie spielt nun weiter, als wäre nichts geschehen. Eigentlich ist sie sogar besser als zuvor. Einmal hilft sie dem Räuber aus der Patsche, dem so gar nichts einfallen will, was er zu sagen hat, als er Katherlieschen das erste Mal sieht. Da raunt Liza ihm den Anfang seines Satzes zu.
Zur Pause herrscht Jubel. Der Mond schwingt am Sternenhimmel, als hätte man ihn extra für die Vorstellung angebracht. Nachtfalter drängen sich um das Licht der Straßenlaternen. Von irgendwo ruft ein Vogel. Auch er ist bereit, kostenlos mitzuspielen. Die Schauspielerinnen stärken sich im Wohnwagen mit belegten Brötchen, aber nun ist es Liza, die keinen Bissen herunterbringt.
Sie sitzt stumm auf einem Stuhl in der Ecke. Ab und zu zwickt sie sich, bis es richtig weh tut. Sie muß eben immer wieder prüfen, ob sie lebendig ist oder nicht. Selbstverständlich kommt Maja May nicht, wie die anderen Eltern der mitspielenden Mädchen, um sie in der Pause zu besuchen. Eine Schauspielerin würde niemals eine Kollegin hinter den Kulissen und noch dazu bei der Premiere stören.
Maja May haßt es, wenn jemand sie in ihrer Garderobe besuchen kommt. Sie sagt, dann sei es sofort aus mit der Konzentration. Daß sie nun nicht nach Liza schaut, beweist, wie ernst sie ihre Tochter als Schauspielerin nimmt.
Ehe der zweite Teil der Aufführung beginnt, späht Liza angestrengt durch den Vorhang. Wieder sieht sie Luis, Frau Emmy und Maja May zusammensitzen. Auf deren

anderer Seite hockt Jennie, und nun wird Liza endlich alles klar. Weshalb war denn Jenny in den letzten Tagen so unwahrscheinlich glücklich? Nicht, wie Liza annahm, der Programme wegen, die sie verkaufen durfte. Nein, weil sie wußte, daß Maja May kommen würde. Und weshalb hat sie in den letzten Tagen nie mehr von der alten Tante gesprochen, die sie in den Ferien besuchen sollte? Weil sie eben nicht mehr zu der alten Tante muß.
Liza begreift, was geschehen ist. Maja May hat Jenny nach Hamburg eingeladen, aber bis zum Schluß hat niemand etwas verraten.
Wie bei einem Puzzle-Spiel trägt Liza Stück für Stück der Geschichte zusammen. Nur eines weiß sie nicht. Maja May hat nämlich nicht nur einen Brief von Liza bekommen, sondern auch einen von Jenny. Sie schrieb ihr vom Katherlieschen und daß dieses Katherlieschen sich bestimmt freuen würde, eine so berühmte Kollegin als Zuschauerin begrüßen zu können. Fast hätte Jenny geweint, als sie den Brief in den Kasten steckte, so ungeheuer verwegen kam sie sich vor, und sie hatte so furchtbare Angst, irgendeiner würde sie ausschimpfen. Genau das Gegenteil ist dann geschehen. Als die Direx ihr mitgeteilt hat, sie dürfe ihre Ferien mit Liza in Hamburg verbringen, hat sie ihr auf den Rücken geklopft und Dinge gesagt, die Jenny vor Stolz und Verlegenheit fast platzen ließen. Von Selbstüberwindung und Freundschaft war die Rede gewesen.
Maja May hat es nicht leicht gehabt, sich die vier Tage frei zu nehmen, die sie für die Reise nach Brixen benötigte. Sie ist aber so energisch gewesen, daß die Theaterleitung schließlich nachgegeben hat, eine Woche Sonderurlaub bewilligt und für die Zeit die »Geliebte Hexe« vom Spielplan abgesetzt hat.
Die Schauspielerin fühlt sich auf ungewohnte Art zufrie-

den. Ihren rechten Arm hat sie um ein sehr schüchternes kleines Mädchen geschlungen, das sie zwei Stunden zuvor noch nicht gekannt hat. Auf ihrer anderen Seite sitzt ein seltsamer Junge, der ihr ausnehmend gut gefällt, weil er so ernst ist und doch von Herzen lachen kann. Mit Liza hat Maja May noch kein Wort gesprochen, aber sie fühlt sich ihr so viel näher als früher. Die Zeit, die Liza in der Dolomitenschule verbracht hat, hat so manches für Mutter und Tochter verändert.
Die Vorstellung geht weiter. Liza ist viel besser als bei den Proben – das Glück, das sie erfüllt, macht sie erfindungsreich. Wenn sie mit dem übergroßen Besen über den Boden fegt und dabei, ganz zufällig natürlich, Frieders Haar bürstet, dann jubeln die Zuschauer. Mal wackelt Liza mit dem Kopf, bis der Zopf wilde Tänze aufführt. Dann stößt sie mit dem Fuß eine Tasse vom Wandschrank und fängt die zweite auf, ehe sie zu Boden stürzt. Schließlich zieht sie den Räuber so fest am aufgeklebten Bart, daß sie ihn plötzlich in der Hand hat. So viele Lacher, denkt Maja May mit geübtem Blick und nicht ganz frei von Neid, wünscht sich mancher Schauspieler, der schon jahrelang auf der Bühne gestanden hat.
Wie bei allen Dingen, die wirklich Spaß machen, kommt das Ende viel zu schnell. Immer wieder und immer kräftiger klatschen Eltern und Kinder. Sie wollen vor allem Liza, Bello und das Ferkel sehen, aber Liza weiß, was sich gehört. Sie zieht die Eule auf die Bühne, wie die Schauspieler sonst den Regisseur auf die Bühne zerren, der so zu tun hat, als wäre er viel zu bescheiden.
Die Eule ist wirklich bescheiden und absolut nicht gewohnt, im Mittelpunkt zu stehen. Als sie inmitten der Mädchen von der Bühne herab dem Publikum zulächelt, hat sie Tränen in den Augen.

»Danke«, flüstert ihr Liza so zu, daß niemand anderes es hört.
»Wofür?« fragt die Eule, und auf einmal läßt sie merken, daß sie im Augenblick der Freude nicht nur weinen kann, sondern auch Humor hat. Sie schaut so unschuldig aus, als hätte sie überhaupt keine Ahnung, wovon die Rede ist.
»Danke, daß ich mitspielen durfte. Verdient hab ich's nicht.«
»Zum Glück bekommen wir nicht immer nur das, was wir verdient haben«, sagt die Eule.
Das ist ein hübscher Satz, der auch gut zur Dolomitenschule und dem Ton dort paßt. Liza würde gern länger darüber nachdenken, aber gerade in diesem Moment sieht sie ihre Mutter auf sich zukommen. Ganz langsam drängt sie sich nach vorn an die Bühnenrampe.
Selbstverständlich hat Liza noch auf der Bühne zu bleiben und den Beifall so lange entgegenzunehmen, bis auch der letzte Zuschauer müde vom Klatschen geworden ist, aber Liza hat längst vergessen, daß sie eine Schauspielerin ist und was sich für eine Hauptdarstellerin gehört.
Sie hüpft von der Bühne und rennt ihrer Mutter entgegen, fühlt deren Arme um sich und möchte ihr etwas sagen, aber die Worte bleiben ihr im Hals stecken.
»Gratuliere«, sagt Maja May, »aber mach es dir nicht zur Gewohnheit, mit einem Hund und einem Schwein aufzutreten. Du mußt doch wissen, wie leicht Tiere einem die Schau stehlen.«
»Nur Kater«, grinst Liza, und obwohl das kein Satz ist, der einen Menschen traurig machen sollte, fühlt sie, wie ihr die Tränen hochkommen. Mechanisch, wie sie es gewohnt ist, greift sie nach Bellos Ohr, um sich über das Gesicht zu fahren. Der Hund steht hinter ihr. Er hat noch die Hörner

am Kopf, und so greift Lizas Hand statt nach dem weichen Hundefell in die Spitze des Horns. Das bringt sie zur Besinnung. Sie kann wieder lachen.
Daraufhin erzählt Maja May all das, das sich Liza ohnehin zusammengereimt hat. Jenny, so berichtet sie, hätte von der Katherlieschen-Aufführung geschrieben. »Natürlich verbringt sie ihre Ferien in Hamburg«, sagt sie. Nur den Brief der Direx erwähnt sie nicht. Wo kämen Mütter auch hin, wenn sie ihren Kindern alle Dinge erzählen sollten, die ihnen peinlich sind?
»Und jetzt sag nur noch, daß Vati auch da ist!« Liza kichert. Es soll nach einem Scherz klingen, aber in der Stimme schwingt Hoffnung.
»Nein«, sagt Maja May, »ich kann nur für meine Person zaubern. Wußtest du das noch nicht?« Sie drückt Liza einen Moment fest die Hand, als wollte sie ihr etwas sagen, das man nicht vor allen Leuten aussprechen kann.
Liza nickt. Natürlich! So wunderbare Dinge, daß beide Eltern nach erfolgter Versöhnung einträchtig Hand in Hand dasitzen und fortan nur noch für ihre Kinder leben und immer auf sie Rücksicht nehmen wollen, gibt es nur in Büchern. im »Doppelten Lottchen« ist es so. Deshalb hat Liza das Buch auch immer wieder gelesen. Da hatten die Zwillinge, die man als kleine Kinder getrennt hatte, mit einem Mal wieder Eltern. Die haben einfach noch einmal geheiratet, und alles wurde genauso, wie es sich die Kinder immer gewünscht haben.
Ihre Eltern sind aber gar nicht geschieden. Sie sind nur zu verschieden, um zusammen leben zu können. Sie haben beide Berufe, die sie voneinander wegtreiben.
»Vati war mal hier«, erzählt Liza, die sich noch immer nicht ganz von ihrem Kinderbuchtraum lösen kann.
»Ich weiß«, ihre Mutter nickt, »er hat mir damals geschrie-

ben. Vielleicht kann er dich in den Ferien besuchen. Er wollte es mal probieren.«

Er will es probieren… Liza kennt die Formulierung genau und schon seitdem sie denken kann. Das sagt Mutti immer, wenn es um Vatis Besuche geht. Wahrscheinlich sind das Vatis eigene Worte. Sie klingen jedenfalls ganz nach ihm. Jedoch schmerzen sie Liza nicht mehr so wie früher. Sie hat erkannt, daß sie sich zufrieden mit dem geben muß, was sie hat.

Ihr Blick fällt auf Luis. Auch er hat keinen Vater und weit Schlimmeres erlebt als Liza. Luis spricht nie darüber. Und wie ist es mit Jenny? Zum ersten Mal wird sie die Ferien ohne ihre Eltern verbringen müssen. Sie wird lernen müssen, was Liza schon vor langer Zeit lernen mußte, nämlich ohne die Form von Elternliebe auszukommen, die für viele Kinder eine Selbstverständlichkeit ist.

»Ich bin froh, daß du mitkommst, Jenny«, sagt Liza leise.

»Werdet ihr beiden euch nicht langweilen?« fragt Maja May skeptisch. Ausgerechnet jetzt hab ich wieder Proben.«

»Zu was?«

»Fürs Weihnachtsmärchen. Ich spiele die Königin des Meeres und habe einen Frosch als Leibwächter. Ein schönes altmodisches Stück.«

»Hurra!« brüllt Liza, als könnte sie sich nichts Schöneres vorstellen, als ihre Mutter von einem Mann im Froschkostüm bewacht zu sehen. »Wir uns langweilen!« entrüstet sie sich. »Wir kommen und schauen zu.

»Ich dachte immer, du magst das Theater nicht.«

»Es ist nicht so schlimm, wie ich dachte«, sagt Liza und grinst, »Schauspieler sind auch nicht so schlimm, wie ich immer gedacht hab.«

Noch ein Tag bleibt bis zu den Ferien. Überall muß Abschied genommen werden. Ist Liza glücklich, nach Hause zu fahren? Natürlich ist sie das. Wie lange scheint doch der Geburtstag her, als sie sich nichts sehnlicher wünschte, als von zu Hause fortzukommen. Aber ohne Bello zu sein, und das vier Wochen lang, erscheint ihr ungeheuerlich. »Darf er nicht mit mir fahren?« fragt sie hoffnungsvoll.

Die Direx zeigt sich, wie vermutet, in dieser Frage überhaupt nicht diskutierfreudig. »Nein, meine Dame«, sagt sie, »ich finde es fabelhaft, daß deine Mutter Jenny zu sich eingeladen hat. Bello bleibt bei mir.«

»Er wird sich aber langweilen.«

»Glaub ich kaum«, bemerkt die Direx trocken, »er hat mir gesagt, er will mal wieder zur Enzianhütte. Aber ohne in Bergnot zu geraten.«

Liza wird rot, als sie sagt: »Das war damals sehr dumm von mir.«

»Ich glaube, du bist seitdem ein ganz schönes Stück weitergekommen.«

Liza würde gern wissen, was die Direx damit meint, aber sie verbeißt sich die vielen Dinge, die sie sagen und fragen möchte, und erklärt statt dessen: »Ich freue mich auf die Ferien. Aber ich freue mich auch, wenn ich wieder hier bin. Ich hab hier einiges gelernt.«

»Ist mir nicht aufgefallen«, sagt die Direx lachend.

In dieser letzten Nacht in der Schule wird nicht viel geschlafen. Immer wieder fällt einem der Mädchen etwas ungemein Wichtiges ein, das unbedingt vor den Ferien besprochen werden muß. Man könnte meinen, sie hätten alle vor, sich für immer zu trennen.

Liza erzählt Jenny alles über das Theater, und sie berichtet, wie es in den nächsten Wochen bei den Proben zugehen wird. Fast scheint es, als sei sie stolz, der Freundin diese Welt zu zeigen, aber das kann ja nicht gut sein. Ist nicht Liza immer voller Ablehnung und Haß gewesen, wenn es um das Theater ging? Vielleicht hat das die Direx gemeint, als sie von dem schönen Stück sprach, das Liza weitergekommen ist ...

Am nächsten Tag steht Maja May schon zeitig mit dem Wagen vor der Dolomitenschule. Zum ersten Mal wird es Liza bewußt, daß ihre Mutter eine schöne Frau ist. »Du hast dich verändert«, sagt sie.

»Du auch«, erwidert Maja May.

Das stimmt. Liza hat nämlich, wenn auch sehr langsam und manchmal recht widerwillig, etwas Entscheidendes gelernt. Sie hat begriffen, daß Eltern auch nur Menschen sind und daß sie ihre eigenen Probleme und Sorgen haben. Sie können sich nicht immer nur nach den Wünschen ihrer Kinder richten. Natürlich wäre es schöner, wenn Mutti eine Bauersfrau wäre und Vati das Feld bestellen könnte. Die beiden hätten dann Liza nebst einer großen Geschwisterschar immer um sich. Es würde kein Theater geben, keine Probleme und immer nur Sonnenschein im Gemüt ... Wirklich ein hübsches Bild!

Man kann sich aber seine Eltern nicht aussuchen. Mutti ist schon in Ordnung, grübelt Liza. Vati auch. Er ist lustig und hat mehr Einfälle als ein Dutzend andere Väter zusammen. Da darf es ihm Liza halt nicht übelnehmen, daß er niemals dazu kommen wird, sich mal länger als zwei Wochen um die Tochter zu kümmern.

»Darf ich mich von Luis verabschieden?« fragt sie beim Einsteigen ins Auto.

»Natürlich fahren wir hin.«

»Ach, ich würde ihm gern allein auf Wiedersehen sagen.«

»Gut, wir warten im Auto«, sagt Maja May friedfertig.

Verlegen schaut Liza zu Jenny, als müßte sie sich entschul-

digen. Wenn die Freundin aber die Sache komisch finden sollte, so läßt sie sich wenigstens nichts anmerken.
Wieder einmal sitzt Luis am Küchentisch. Er tut so, als bemerke er Liza überhaupt nicht.
»Danke für Bello und das Ferkel«, sagt sie. Eigentlich wollte Sie etwas ganz anderes sagen.
»Gern geschehen«, erwidert Luis und schaut zum Fenster heraus, als gäbe es ungemein Wichtiges draußen zu sehen.
»Ich schreib dir aus Hamburg.«
»Bitte eine Postkarte mit einem Dampfer drauf.«
Dann besuchen die beiden die Sau, die geferkelt hat. Liza würde gern wissen, welches der zehn Ferkel nun Theatererfahrung hat. Für sie sehen alle gleich aus, rosa und niedlich und wie aus Marzipan.
»Ich kenne sie alle«, erklärt Luis, der offenbar Gedanken lesen kann.
Danach fangen die beiden eine Rangelei an, wobei sie ganz vergessen, daß sie in ihrer Freizeit Gedichte lesen und so viel über die Welt wissen.
So kommt es, daß Liza, als sie in Hamburg ankommt, noch immer ein ganz klein wenig nach Schweinestall riecht.